Gaea

GAEA

Gaea

GAEA

特殊傳說 特典

晝夜循環 06

護玄——著

《晝夜循環》屬於不同世界番外。

與《特殊傳説》本傳劇情無任何關係，純屬「假如他們在另一個世界」會如何歡樂生活的平行文。

請帶著一顆被洗腦過後什麼都不記得的心服用本文。

11. 人際法則

褚冥漾那天晚上被美人臉學長同意彩色同學開始打工嚇得趴帶了。

以至於他徹底忘記這還不是最糟的事情。

打工簽約不會造成世界毀滅。

打工的人才會。

第二天因爲彩色同學蹺課，所以他在腦部啓動自我保護機制，硬生生把這件事情拋到腦後，直到他和朋友們結伴一起踏進員工休息室，看著千冬歲開始換制服時，才劇烈地靈魂震撼想到忘記什麼。

所以說逃避現實是無效的，業障爆發時不會管你有沒有在逃避的路上。

「你爲什麼會在這裡？」千冬歲看著正在捲制服袖子、把正式服裝穿得像幹架裝的西瑞，非常不悅地瞇起眼。

「大爺想在哪裡就在哪裡，還會出現在你夢裡！」西瑞抓抓脖子，腦袋略偏，使用標準鄙視角度與小白臉互瞪。

「工作場所禁止吵架。」褚冥漾悲哀地再次站在兩車對撞中央成爲分隔島，不然他能把米可蕥推出去嗎！再怎麼有點怪怪的，人家都是個女生啊！

這次沒有萊恩，打下去他可能要申請職災。

也有可能是託夢申請喪葬補助。

幸好千冬歲與彩色少年並沒有眞的在休息室毀天滅地、核彈爆發，兩人就是用視線在空氣中互殺幾秒，沒有聲光效果、也沒有火花，只有兩個差點變成鬥雞眼的人，最後悻悻地各自哼了一聲扭開頭，徹底展開「你不看我我就不揍你」的小屁孩模式。

搗著腦袋，褚冥漾開始思考植葬好還是海葬好。他比較擔心海葬如果撒下去覺得太冷不適應，反悔很難撈起來，所以還是選擇植葬吧，反正他游泳沒有很強，在陸地上比較安全，頂多就是翻土時疊在別人身上。

休息室的門板被敲了兩下，褚冥漾抬頭才發現剛剛那些罪惡的源頭都跑了，只剩他自己一個人看著牆壁發呆，有面壁之嫌疑。

「牆壁有問題嗎？」美人臉學長拿著一包小紙袋走向貼有名字的員工儲物櫃。

「沒有，粉刷得極其完美，連條接縫都沒有，好牆！」褚冥漾連忙從牆壁前彈開。

「希克斯做了點心，快去吃完開始工作了。」比較晚從學校出發的學長把工作平板擺在櫃子上，一邊叼著小西點更換制服，一邊快速瀏覽晚班的各種流程與分配，順便看了下申請物件的報表有沒有其他問題。

褚冥漾秒衝出去，但不是爲了小點心，而是爲了那兩個不知道什麼時候離開休息室的小屁孩同學。

鬼才知道他們會不會在餐廳裡面互揮拳頭。

餐廳裡凶器多，隨隨便便擼個牆都可以撞到牆角或是燈飾，想殺人滅口只在隨手。

不過就算打起來他也沒辦法了，只能在旁邊看誰先倒下去叫救護車。

幸好到外場時沒看見慘絕人寰的畫面。

大概是學校裡的謠言傳得太過離譜，所以西瑞和千冬歲負責的工作區域早早就被安排好，一個在室內座區，一個在室外區，隔日一換，楚河漢界、涇渭分明，只要不要有人先賤過線，兩人基本上不會碰在一起，唯一可做的就是隔著玻璃窗互比中指。

很好，看來餐廳管理人也很怕要換家具。

褚冥漾安心了。

然而他忘記端菜都是要前進廚房戰場，取飲料也是要走向吧台，現在沒有打起來只是因爲兩頭猛獸剛到新地盤，蓄藍條、憋絕招中。

於是在踏入出餐口前，一柄牛排刀直接飛過耳邊，差點遭到物理謀殺的褚冥漾有三秒整個人空白，完全沒有反應過來奈何橋的門票已經綁在他腦袋上。

「你！竟然想謀殺本大爺的小弟！」站在出餐口左側的彩色少年指著右側的千冬歲，語氣憤恨，彷彿剛剛差點死的是他出生至今形影不離的親生兄弟。「大爺絕對要你償命！」

「呃我……」

「拍桌子結果拍到餐盤，把上面牛排刀擊飛的不就是你嗎？幸好你眼睛是瞎的手也是殘的，一個這麼大的目標都瞄不準，還不如找隻招財蟾蜍來打工都比你有用！」千冬歲異常冷漠地看著阻礙在出餐口前的人。

「呃我……」

「竟然敢質疑本大爺的瞄準！告訴你，本大爺在瞄人時候你這小白臉四眼田雞腦殼還在你媽肚子裡沒長好！大爺下一次就準給你看！」西瑞朝出餐口桌子用力一拍，不過這次上面沒有任何尖銳的餐具了。

「……」褚冥漾覺得被瞄的好像是自己，所以下一次是想插到他頭上嗎喂！爲什麼這兩個人吵架就要旁人死！什麼道理啊靠！

兩個幾乎要互毆起來的青少年突然被抓著領子拖開，不知道什麼時候出來的高大主廚一手一個，踢開旁邊的後巷門，直接把兩個小屁孩丟出去。「要打去焚化爐打！哪來兩個小菜雞互啄，老子的菜都冷掉了！從你們打工錢扣！」

於是乎，本日千冬歲與西瑞各被罰款一道菜的費用，單日薪水差點倒貼。

看著同學被甩出側門，褚冥漾下意識立正站好，馬上用最尊敬的態度兩手端起新出爐的菜，恭恭敬敬地將出餐口的菜盤送走。

大廚看著世界終於安靜下來，才滿意地回到廚房重煮，換掉冷掉又被噴口水的菜。

後來聽說學長把搞事二人組叫去，也沒有特別訓誡什麼，只在試用單上扣分，冷漠告訴他們一模一樣的話：「再鬧一次，我就叫你哥過來領不錄用通知單。」

或許對這兩人來說，比起頭可斷、血可流，叫哥哥來領他們不被錄用的小白單，才是世界上最可怕的事情。

一個是真的發自內心怕被討厭的害怕，一個是不想被抓到嘲笑把柄的害怕。

千冬歲和西瑞就這樣在工作中變乖了，不算隔著玻璃互比中指的話。

褚冥漾則是從這裡認識到人際關係的重要性。

職場上，搶先認識員工的哥哥就能掐住員工的脖子，讓他們失去物理攻擊能力，僅剩看不見的精神互毆。

果然是陰險的社會人！

✕

「又吵架了嗎？」

廚房裡，米可蕹刀起刀落，一刀剁開豬大骨，橫切直切毫無障礙，手順得彷彿在切蛋糕，然而重力加速度的碰撞聲讓旁側洗菜的學徒抖了抖，悄悄地離外表看似美少女、實際是個剁骨高手的女孩遠一點。

「兩個死屁孩。」希克斯將兩盤因吵架不能送出去的菜品放進保溫盒，貼上白目打工仔的名字放到一邊，等等讓他們自己帶回家消化。接著用最快速度備料重新煮出同樣的菜，再給外場端出去。

「他們在學校互看不順眼也好久啦。」米可蕹輕鬆抱起裝滿骨頭的鋁盆，走向熬湯區，按流程開始製作高湯的步驟，這個得煮一整個晚上。「有家族世仇，虐戀情深，每個家庭裡面都會有一個別人幹不掉的人。」

「……講人話。」希克斯總覺得與這些小孩有某種程度的代溝，不然怎麼每次聽他們講話都像是在聽幹話。

「西瑞的爸爸想在千冬歲的爸爸腦袋開槍。」高中生美少女嘴裡說出殘酷可怕的刑事案件。「幾年前幹過一次，結果打死魚缸裡面的紅龍。」

洗菜學徒僵住，又慢慢地往邊邊移，他覺得他好像聽到明天會看不見太陽的可怕內幕。

「那條血紅龍好貴啊，是魚世界大賽冠軍。」米可蕥嘆氣。「比買凶殺人還貴，賣器官都買不起。」

這年頭，人不如魚系列。

學徒突然有所感觸，下輩子投胎當一條魚可能會比較幸福，可以住在恆溫魚缸，被一堆人稱讚。

「但是其實吃起來就是魚的味道，完全沒有魚中魚該有的自覺。」美少女話題一轉，說了器官魚的後半魚生。「千冬歲偷偷拿來給我們看，請媽媽幫我們煮掉了，我們本來以爲魚肉會發光。」

還是不要當魚好了，人果然還是得好好當人。

學徒撈起菜葉，誠懇對天感謝自己投胎是個人，如果可以選的話，他是希望可以投胎成有錢人就更完美了。

「那就是你們這些人不會煮了，下次再開紅龍槍時拿過來，讓你們知道什麼是世界上最好吃的紅龍。」希克斯眼裡沒有不行的食材，只有不行的人和不行的手殘。

「好喔，下次千冬歲爸爸要被殺的時候我們再去看有沒有紅龍可以撿。」米可蕥把這件事寫到記事本上，打算提醒千冬歲記得撿魚。

所以說一般人的思維和有錢人的思維就是這點不同。

一般人會等下一次紅龍被開槍。

後來某一天米可蕥想起這件事，告訴千冬歲下次聽到槍聲時記得撿紅龍，沒想到千冬歲根本沒有等別人的爸爸來開槍，轉身拿著魚網就把他家一缸的紅龍全撈到餐廳來，幾條魚的身價比餐廳的當日營業額還高，震驚一群窮苦人。

一起幫忙載魚過來的千冬歲母親拿起鐵鎚，微笑著在眾人面前把魚一一敲死，並表示她想搥這些魚很久了，就像她想搥她先生一樣，人沒辦法搥，只好讓魚替身。請大家盡量享用，不用有心理負擔與顧忌任何事情。

事後還眞的沒有被追究魚去魚從。

據說雪野家大廳的魚缸又悄悄長出了紅龍。

餐廳眾人因此吃了一次這輩子最貴的魚肉，而且還眞的被烹調得很美味。

不過這也是後話了。

米可蕥接過學徒洗的菜，總覺得今天的菜好像洗得特別乾淨。

因爲魚的話題，當晚的員工餐就是水煮魚和糖醋魚。連帶開一個小派對歡迎新一批工讀生，因此廚房提供的菜色相當大方，再加上有個把薪水都換成飯菜的大胃王，裝白飯的電鍋都搬了一個三十人份、營業用的過來。

向家裡報備會晚點回去的褚冥漾，下班後和大家在二樓端著餐盤，上面塞著滿滿的各種菜色，正在大快朵頤。

除去特製的中式菜，冒著熱氣的炸物、焗烤等也香氣四溢，不時可以看見有人在那邊中西混搭，把薯條泡入水煮魚湯、把炸雞塊裹一層糖醋醬，還有拿可頌切開裡面塞糖醋魚加生菜的，看得胃都好像有點痛起來。

褚冥漾摸摸肚子，再看看那些把正常食物改變了模樣的同事們，思考這些人等等集體烙賽要算誰的。

原本擔心可能會砸桌子的西瑞坐在右側最後方，桌上有廚師特別借出的菜盆，正在瘋狂把食物塞進胃部；而千冬歲坐在左側最遠處，桌上簡簡單單幾樣輕食，與米可蕥兩人輕聲細語地不曉得在交談什麼。

這畫面，異常。

他們竟然可以各自找位子好好吃飯。

一整個晚上都在心驚膽跳的第四者左看看、右看看，確定他們還是沒有續打的跡象，稍微放下心。畢竟身為一個被當面放話下次牛排刀會射準的受害者，褚冥漾希望案發時離他們有多遠就多遠。

然而這兩人如此和平。

「安心吃飯。」拿著保溫杯的美人臉學長在旁邊的空位坐下，輕易看穿學弟的瑟瑟發抖。「他們不會打起來，至少今天晚上不會。」

「『哥哥』這麼好用嗎？」褚冥漾趕緊扒飯，總算不用再緊張叉子還是什麼東西會往他飛過來。

學長頓了頓，沉默三秒。

……看來哥哥是會失效的，就和愛一樣。

褚冥漾決定先享受今晚沒有刀叉威脅的倒數計時。

「等效果過期了還有別的辦法，而且過期也可以回鍋用。」美人臉學長轉開臉。

靠，好黑。

彷彿聽見什麼不良的黑心企業發言。

褚冥漾感受到社會的陰險。

「不過他們這麼和平也好啦哈哈哈哈。」對大家的生命和精神都好，尤其是他個人。

日日水逆的褚冥漾希望那兩人別想起牛排刀的約定。

學長把頭轉回來，深沉地看了一會兒眞心逃避現實的學弟，打算讓他提早體驗社會大學。

「你要多認識點人，拓寬你的交際，等到有需要的那天……」

「請各方大德幫忙？」褚冥漾滿懷希望。

「不，看禍首是誰家的就丟給誰，然後遞賠償申請表。」

「喔。」

喝了口茶，過早操持一家餐廳的少年認眞地向學弟傳授心得：「等你把那些可以進行有效打擊亂源的人都認識一輪後，就會覺得世界變得比較美好，不然你就得親手打擊他們。」

褚冥漾差點被水煮魚嗆到。

他覺得那個打擊可能不是言語上的打擊，應該是暗示物理打擊。

這是他達不到的高級成就，他還是先努力認識其他人的哥哥好了。

學長大概是覺得蒼白的言語很難讓人體會，於是舉了例子：「很快你就會知道人際法則的重要性。這東西會讓辦公室裡面兩個彼此肚爛，肚爛到想打飛對方頭蓋骨、把他們腦袋掏出來擦玻璃的傢伙們，每天笑著向敵人打招呼，然後全世界還以爲他們是好朋友。」

所以學長很想打飛夏碎學長的頭蓋骨嗎？

褚冥漾目瞪口呆。

並沒有察覺學弟過度發揮的想像力已經開始替他與友人的友情生產裂痕，學長努力地提出身爲前輩的建議：「你要學會當讓他們不得不檯面上假笑的人，別當不得不屈於別人而假笑的人。」

褚冥漾還是不太懂，但他理解了一件事情。

社會人士果然很陰險，而且笑面虎。

出社會之後就連學長都想笑著打飛另外一個學長的腦殼！

人際法則太可怕了。

12. 班長就是班長

歐蘿妲．蘇．凱文，十六歲，原校直升學生。

新生開學第一天，因國中時期強大的管理能力與賺錢傳聞，被過半班上同學直接無痛拱上一班之長的位子。

公認班長就是班長，您在此處沒人敢爭龍椅。

至今都還有國中時期的老師來問她最近要買哪支股或投資什麼比較好，現在又加上高中的老師們。大家都記得這位班長在國中最後一年邊面對各種大小考試邊把近萬元的班費翻成幾百萬，讓全班同學畢業前獲得一次豪華十日異國之旅，還附帶導遊翻譯、旅行管家那種。

天下無不散的筵席，畢業時同學們哭得異常大聲，慘烈到其他班的家長們都認爲這班級的學生感情眞好，在這無情的現代社會裡，已經看不到如此激烈的眞情了。

而知道內情的人不得不說一句：新台幣造就眞情實意。

經此一事，班級總務股長形同吉祥物，再也得不到控管財務的權力。

開學後，班上乾脆連總務都不選了，班長一人兼職總務，把全班同學收攏成迷你小股東，班費計入家族正要投資的新興行業裡，開始在同學們不知情的狀況下，拎著全班同學迎來人生第一桶金。

這件事一直到期末各股股長報告時才曝光，所有人發現原來班長當初那句很像搞笑的「既然大家想把班費寄存在這邊讓我操作，那我就幫大家投資一點新興的綠色糧食啦」是眞的。

當時他們不以爲然，還以爲傳聞只是誇張了點，全班哄笑請班長大人放手去幹，反正班費只繳了那麼一點點，正常要累積個一、兩學期才會金額變多，完全沒人放在心上。

誰也沒想到班長把班費投入在散股上後幾個操盤翻轉，最後收攏資金眞的去投資了。

期末大會瞬間昇華成股東大會，每位同學摀了自己幾巴掌確認不是夢後，開始發表這輩子最感謝父母讓他們進入這個班級，讓他們親眼見證什麼叫作金箔膨脹成金磚。

不過現在還沒期末，只是剛開學兩週，所以同學們尙不知道全體正在被推往財富自由的道路上。

別人桌上放課本放作業放便當，歐蘿姐桌上放筆電放財經報章放英文商務專刊，旁邊一疊長輩擺爛後送到她這邊的合約文件，班長一邊分析金融走向，一邊拿起手機對準正在搞事的同學留下犯罪記錄，還順手在企劃案上橫批狗屁不通；前後左右的同學們每天都感受到智商的無情碾壓，想反抗都不知如何反抗起，就奇怪這種ＩＱ超高的菁英天才不是應該要被政府徵召，進入特殊機構變成超級英雄嗎，爲什麼會在這裡讀高中？

下凡體驗人生的神仙永遠不會感受到凡人的痛。

最近，歐蘿妲發現班上越來越多人放學後跑去打工。

新交上來的父母同意書已經累積好幾張，她一邊思考要不要提早告知投資的利潤，讓同學們可以集中精神好好讀書，將來成爲勵志的人上人，一邊發現出去打工的同學裡有三個是前兩天才剛創造出班級四角戀神話的主角。

……三個跑去同一個地方打工了嗎？

看來四人行，總有一人會先被淘汰。

歐蘿妲感慨著青春的無情，同時注意到這家餐廳的名稱與地址——他們家族長輩刻意要所有小輩都記住這看似小小的餐廳絕對不能碰，因爲背後的三個老闆都不好惹。

長輩們一度懷疑這三人是不是想設陷阱陷害商場的敵人們，讓他們在吃飯放鬆時露出破綻，最後再一網打盡之類的。

然而開店至今，誰也沒有被打盡，人家就眞的只是跑去開餐廳。長輩們只好下達命令，千萬不要去惹這家餐廳，把三位老闆惹出來之後，三人的商業攻擊不是單純三倍，是四乘四倍起跳的攻擊力。

為什麼是四？因為其中一位老闆有老婆，人家也有產業和家族啊，聯合娘家的攻擊力，完全不輸他人。

因此很多商業大老闆出門都繞著這家餐廳走。

他們班竟然一下子有四個人在裡面打工，難道是要先四角才能走後門嗎？

好像看見什麼新世界和商業賺頭。

「班長在嗎？」

歐蘿妲抬起頭，正好與餐廳老闆的兒子對上目光。

二年級的學長拿餐廳的合法營業證過來，並確認打工的同學們都有合理待遇。

「你們要不要考慮多收個打工仔？」歐蘿妲邊問同學在店內的狀況，邊提個建議：「三缺一總是不好，要四人都在才會圓滿。」打起來現場更熱鬧。

「……？」二年級學長緩緩地，給出一個大問號。

跟著一起來的另一名學長則是在後面忍笑。

「啊，夏碎學長，您要不要接一單機械錶平面廣告，剛引進，純手工自創小工坊，現在缺手。」歐蘿妲從那堆經濟財報底下抽出一張簡介，遞給後面那位附贈過來的學長。「幕後消息已經有收藏家要出手了，很快市場價值會漲一波，創辦人還在尋找夢中情手，老中青三代都要一雙，推薦您衝一波。」

「好啊。」夏碎接下簡介，上面簡單寫有試拍的地點與時間，試拍日期就在這兩日，採現場報名。

「不用臉嗎？」颯彌亞挑眉。

「創辦人是手控臉盲，他要手不要臉。」歐蘿妲認眞地解釋：「因爲是第一代錶，創辦人打死都要按他的心意拍攝平面照，剛好夏碎學長不露臉有手。」

「好的。」夏碎表示理解。

「咦？學長、夏碎學長？」正好從福利社回教室的褚冥漾看見教室外三個可怕的人站在一起。

「嗨～褚。」朝學弟揮揮手，夏碎收好簡介走過去。「如何？」

「眞的可以過關！」褚冥漾用崇拜的眼神看著對方。

「那就好，我也是試了幾次才發現那個時間與角度可以正好卡過關點。」又向對方傳授了幾個訣竅後，夏碎在上課鐘響之前目送學弟、學妹回教室，自己也與同伴往二年級的教室走。

「遊戲？」颯彌亞沒發現友人居然在自己不知道時和學弟已經混熟了。

「意外發現褚也有玩同個遊戲，就加了好友一起玩。」夏碎也不是完全只玩音遊，一般流行的熱門遊戲多少會碰，前兩天剛好撈到學弟一枚，就組隊玩了兩天，也看著對方慘烈地死亡兩天，現在正在充當對方口中大慈大悲大腿大救世主。「嗯……也是第一次發現眞的有人會三步死在路邊。」

「手殘腦殘？」雖然對遊戲興趣沒那麼高，不過颯彌亞知道這種雙傷天殘的存在。

「怎麼說呢，褚手和腦都在線，但在玩遊戲時很奇怪，都會突然掛掉，兩天以來我已經回報官方發現四次致死ＢＵＧ了，也不曉得是怎麼回事，可能是他倒楣了點吧。」夏碎也說不出問題點，他遊戲齡算長，但還眞的第一次見到這麼倒楣的狀況，不是遇到ＢＵＧ就是突然破圖，本來不會死的地方瞬間暴斃，大概眞的有人就是流年不利吧？

颯彌亞想了想最近店內好像碎率變高的碗盤，記得有幾次他親眼看見，確實都是擺著好好的、某人也沒摔沒破壞，單單拿起來時盤子突然裂成兩半。他現在心裡默默思考是不是得找父親商量一下，如果有員工犯太歲致使餐具不明原因身亡，是不是由店裡當舊品瑕疵吸收之類的，畢竟犯太歲可能也不是他個人願意的。

不然按這樣下去，某傢伙大概月底薪水會賠光。

✕

「班長眞的好厲害喔。」

褚冥漾遙望著窗邊那個報表疊高高的座位，因爲物件較多，所以老師就沒安排同學坐隔壁位子了，解放班長的空間。

他完全無法理解爲什麼班長可以邊聽課邊看報表還順便記同學的黑名單，人與人的腦袋爲什麼不相同。

「我們要明白，天將降大任於斯人也。」米可蕥很認眞地告訴新朋友：「必先使其智障，認清本分。」

「……好好說話。」褚冥漾算是看透了這位同學，開始玩得熟悉之後，就是披著美少女皮的小惡魔。

「我們只能做到正常人能做的事情。」米可蕥安慰似地拍拍對方，「所以就好好當一般人吧，成爲歐蘿妲什麼的，下輩子也沒辦法。」

「不，我完全沒有想過要成爲班長這件事。」褚冥漾覺得下輩子不可能，下下輩子也不可能，班長根本不是人。

等等，眼前這假的美少女也不是正常人啊！

別以爲他沒有見過單手持刀剁大骨的畫面！一般十六歲的高中女生辦得到嗎喂！皮下面根本藏了一個摔跤選手吧！

按著頭，如果不是這個世界沒有魔法，褚冥漾會覺得自己可能穿越到什麼魔法學院，不然難以解釋周遭人都擁有詭異的武力值或者智商。

一般學生會這樣嗎？

根本不會吧！

這彷彿是很多種小說的主角一口氣出現，然後他是個路人角，按主角身邊不能有活人的魔法冒險定律，可能等等就要被砲灰嗝屁了。

幸好這裡沒有魔法。

他還能好好活下去。

「漾～」桌子被撞了一下，彩色少年的閃耀腦袋進入視線。

不，或許他活不下去。

褚冥漾看著千冬歲和萊恩又轉過來的視線，決定擺爛。

當你們想魔法攻擊我的時候，我就自主石化。

西瑞看著生無可戀的結拜兄弟，不解爲什麼對方年紀輕輕就一臉腎衰的模樣，看來奧少年的身體果然都很弱，上學外加打工就腎虧了。

「你這樣不行，三十歲不到就會老化嚴重，然後肝功能失調。」西瑞決定找時間把人拖回他家的醫院檢查看看，說不定現在已經肝變了。

褚冥漾立刻摀住肝。

爲什麼要突然詛咒他的肝！

牛排刀之後又盯上他的肝了嗎！難道這就是傳說中的集團賣肝？該不會三年畢業之後他的器官都變現了吧！

「護肝要從現在開始，總之今天開始先連吃三天的豬肝吧。」想來想去，說不定可以以形補形。西瑞一擊掌，剛好學校餐廳自助餐有賣肝，補肝從學校餐廳做起。

「不，我拒絕。」所以說爲什麼是肝！

「麻油炒豬肝也不錯啊。」一說到知識點，米可蕥扳起手指，很快報出十幾種以肝爲主的菜名。「要吃三天的話，可以請希克斯幫忙拿喔，又新鮮又便宜還可以廚房代煮，而且不只豬肝一個選擇，我們可以從雞肝吃到鴨肝再吃到豬肝和牛肝。」

所以說爲什麼是肝！

褚冥漾感覺兩位同學的腦袋病了。「我沒有要吃肝，我的肝也好好的沒有問題。」有問題的是您們兩位，超巨大的問題！

「不行，身爲大爺的直屬小弟，怎麼可以明知道你肝衰還放著不管，你看你一臉氣色都白了，大爺覺得可能再追加個豬血會更好。」西瑞覺得自己很聰明，豬肝加豬血，剛好一整套豬全餐。

是和豬有什麼仇嗎？爲什麼一直想要害豬？

「有沒有可能我不是氣色差，只是我本來就是這個膚色。」褚冥漾試圖想喚醒這兩人的人性。

西瑞和米可蕥動作一致地搖頭。

「你眞的變白了一點。」一旁的萊恩終於忍不住插嘴。

褚冥漾震顫。

「所以說趕快去吃豬肝，不然你會末期。」西瑞巴不得先去把餐廳的豬肝菜預訂下來。

「你才末期！」褚冥漾覺得這傢伙是不是豬肝的邪教，這很像傳說中的漁夫啊，硬要人買豬肝！

「那幾位同學，你們的肝到底討論完了沒！」

站在講台上被忽略得很徹底的老師終於忍不住開口，對那圈豬肝小隊抬起神聖的手指：

「你們五個人，上課不上課，全都到外面罰站！」

再度感受到本日水逆的褚冥漾抱著滿腹冤屈，五人站成一排，由高到矮。

教室內的歐蘿妲微微抬了下頭，將豬肝小分隊記入小本本……啊，多了一人，已經不是完美的四角了。

褚冥漾為什麼膚色會變白，直到放學都還是個謎。

但西瑞堅持那是二期的症狀，結果他們那天的員工餐眞的出現一大盤的豬肝，以及無數看好戲的關愛之眼。

……

累了，毀滅吧。

拖著身心俱疲的軀體回家，褚冥漾按慣例寫完功課整理好書包，夾著睡衣去洗澡刷牙。

下意識拿起前陣子老媽剛換的沐浴乳，隨意瞥到上面的字後，少年沉默了。

含有效美白成分。

靠。

今年的水逆到底什麼時候才會結束。

《晝夜循環》未完待續

特典

DAY ∞ NIGHT
晝夜循環 06

作者／護玄

插畫／紅麟

出版社／蓋亞文化有限公司

地址◎ 台北市103承德路二段75巷35號1樓

電話◎（02）25585438　傳真◎（02）25585439

部落格◎ gaeabooks.pixnet.net/blog

臉書◎ www.facebook.com/Gaeabooks

電子信箱◎ gaea@gaeabooks.com.tw

郵撥帳號◎ 19769541　戶名：蓋亞文化有限公司

法律顧問／宇達經貿法律事務所

出版／2023年2月

Printed in Taiwan

Gaea

Gaea

THE UNIQUE LEGEND

vol. 06

特殊傳說 III

護玄——著

特殊傳說 III

vol. 06

目錄

特殊傳說 III

THE UNIQUE LEGEND

Atlantis 學院

姓名：褚冥漾（漾漾）
種族：妖師
班級：高中三年級C部
個性：平時有些被動，但堅毅善良。對各種事物很常在腦內吐槽。
喜好：好吃的食物
身分：凡斯先天力量繼承者

姓名：颯彌亞．伊沐洛．巴瑟蘭（冰炎）
種族：精靈、獸王族混血
班級：大學一年級A部
個性：凶暴、謹慎。
喜好：書、睡
身分：黑袍、冰牙族三王子獨子

其他

姓名：米納斯妲利亞
種族：？
個性：冷靜睿智，在守護主人上極具耐心與溫柔。
喜好：教化另一個幻武兵器
身分：褚冥漾的幻武兵器之一

姓名：希克斯洛利西（魔龍）
種族：妖魔
個性：直爽嘴賤，喜歡有趣的人事物。
喜好：？
身分：褚冥漾的幻武兵器之一

姓名：雪野千冬歲
種族：人類
班級：高中三年級C部
個性：有點自傲，只對自己承認的人友善。
喜好：書、朋友、哥哥
身分：情報班

姓名：萊恩．史凱爾
種族：人類
班級：高中三年級C部
個性：性格沉穩，日常瑣事上很隨意。
喜好：飯糰、飯糰、飯糰
身分：白袍

姓名：藥師寺夏碎
種族：人類
班級：大學一年級A部
個性：溫柔鄰家大哥哥，但其實個性淡泊，不太喜歡與人深交。
喜好：養小亭、研究術法與茶水點心
身分：紫袍

姓名：西瑞．羅耶伊亞（五色雞頭）
種族：獸王族
班級：高中三年級C部
個性：爽朗、自我中心，一根筋通到底。
喜好：打架、各種鄉土戲劇與影片
身分：殺手一族

姓名：米可蕥（喵喵）
種族：鳳凰族
班級：高中三年級C部
個性：善良體貼，人緣極佳。
喜好：喜歡學長、烹飪、小動物，以及很多朋友。
身分：醫療班

姓名：哈維恩
種族：夜妖精
班級：聯研部 第三年
個性：嚴肅，對忠誠的事物認真負責，厭惡腦殘白色種族。
喜好：術法研究、學習
身分：沉默森林菁英武士

姓名：莉莉亞．辛德森
種族：人類、妖精混血
班級：高中三年級B部
個性：以家族為傲，些許驕縱，其實相當善良。
喜好：可愛的小飾品
身分：白袍

姓名：殊那律恩
種族：鬼族
個性：安靜少言，偶爾會隨意地捉弄人。
喜好：術法鑽研
身分：獄界鬼王

姓名：深
種族：無
個性：沉穩，堅毅寡言。
喜好：百靈鳥、黑王、毀滅世界
身分：陰影

姓名：式青（色馬）
種族：獨角獸
個性：美人希望是怎樣就怎樣！
喜好：大美人小美人
身分：孤島遺民

姓名：白陵然
種族：妖師
班級：七陵學院大學部三年級
個性：不太隨便與人打交道，只和有興趣的人互動。
喜好：泡茶、茶點
身分：妖師首領、凡斯記憶繼承者

姓名：褚冥玥
種族：妖師
班級：七陵學院附屬假日研修生
個性：冷靜幹練，氣勢強悍。
喜好：逛街、漂亮的飾品
身分：凡斯後天能力繼承者、紫袍巡司

第一話　幻武兵器

色調極深的藍紫幽谷中，高聳的異色岩壁是除了喪屍以外最多色彩的。

黑暗裡有著黯淡的藍光一閃一爍飄浮著，即使不在現場也可以感覺到空氣的壓抑與蕭索。

然而這種本該寂靜的空間傳來了各種不自然的聲響，物體移動的撞擊或摩擦聲、無意識地從身體或喉嚨深處本能發出的聲音，加上腐屍萬頭攢動的視覺效果，讓整個區域給人一種驚嚇的震撼感。

高空中的「鏡頭」貼著岩壁向前飛了很長一段距離都還沒飛到盡頭，投映回來的畫面隨處可見喪屍，以及被腐肉層層覆蓋後變成黑色的下方岩石。

石壁有被開鑿過的痕跡，不過因爲喪屍太多了，即使曾有什麼生物或種族在這裡生存的痕跡，也早已遭到抹滅。

客廳裡幾個人看著放大的畫面，各自沉默了一會兒。

雖然想過可能不好找，但沒想過所在位置會這麼勁爆。

「這顏色的石頭，應該是『耶莫桑朵之石』。」魔龍摸著下巴，看了一邊得到消息後下樓的流越一眼。「這麼長，是礦坑吧。耶莫桑朵礦脈的話極小機率可能會發現水精之石，本尊沉睡前還滿多地方在開採。」

「但很容易遭到污染。」哈維恩接下話尾，對我們解釋道：「耶莫桑朵也是一種蘊含水力量的礦石，但含量不高，加工後顏色會變成白色中帶著一點不起眼的水色；主要用來製作建材或者一些擺飾、小飾品，在某些偶然的情況下，會異變生成水精之石。」

聽起來是很大眾化的用材。

我想了想，正打算向哈維恩提出疑問，夜妖精好像跟我心有靈犀一樣早一步開口，正好回答我內心的疑惑：「這是很常見的建材，大多用於妖精族，實際上你們先前去水妖精領地時，很多建築物也有使用，水系妖精領地附近或多或少都會有耶莫桑朵的礦脈。他們在某處待久之後，懷有的天生力量會影響土地，催生耶莫桑朵，如此循環。」

仔細想想，去找伊多他們時，的確看過滿多牆壁和地板使用的都是霧白帶點水色的建材，我還以爲大概也是某種水石或水晶……對啦也算是某種水石。

看著神情凝重的米納斯，我閉上嘴，不敢白目地去問她對那些喪屍有沒有什麼異常的熟悉感。萬一米納斯的身體眞的變成喪屍，那就不是靠夭兩字可以解釋。

「不管是啥鬼，過去看不就知道了嗎。」行動派的西瑞完全沒打算原地猜測，一臉包袱款款準備出發的模樣。

米納斯頓了頓，有點遲疑地看向我。

「嗯，出發吧。」我朝米納斯和魔龍點點頭，無論如何一定都要走一趟。「啊，不過還有一件事情。」見阿斯利安好像還想跟著我們跑，我連忙阻止。

先不說這傢伙被異靈盯上而且還是逃醫療班的，另外有件同樣重要的事要他去確認一下。

「剛剛哈維恩他們弄了一份地圖。」我朝哈維恩招招手，受到了菁英之握與喪屍的刺激後，我終於想起哈維恩他們在弄的被襲位置地圖看起來哪裡眼熟了。

立體地圖重新被放出，我示意夜妖精把先前在雪野家龍神那邊得到的古地圖一併丟出來，重疊之後，赫然發現近一個月以來頻頻發生襲擊的地方竟然很靠近幾個古戰場，更驚人的是，有很大一部分逼近最閃亮的幾個點，也就是起源八大種族的位置。

阿斯利安的表情嚴肅起來。

「你先回公會吧，這個肯定有鬼。」邊讓哈維恩把同樣的疊圖發給學長和白陵然等相關人士，我邊說道：「公會應該也注意到了，你還是回去比較好。」不然不會強制特定袍級出任務，現在地圖放出來一看，我有種恍然大悟的感覺。

說起來黑王有說等這邊事情結束後要去獄界一趟，不過眼下羅耶伊亞家族還在處理後續，可能要等個一、兩日，而米納斯的事情也很重要，於是我和阿斯利安重新約了時間，等我們這趟走完回來再一起去獄界。

把這邊臨時發生的狀況大致傳訊報告給黑王並表達想延後拜訪的時間，得到了應允。

「安啦！這地方小意思。」西瑞使喚他的管家機器人準備大量食物。

站在一旁的流越接過追蹤，手一揮，一張大地圖展開，幾種色光形成的線交織構成複雜的地形，他將地圖推動，貼合到我們的大地圖上，很快呈現出真正的位置與這個年代的路線。

「附近有雷雨部族古地。」流越說道。

「現今的克巴部落、遠望者根據地。」阿斯利安指尖按在地圖上，補充：「遠一點的荒野有狩人村落，你們可以攜帶我的信物，應該能省下很多麻煩。」

「那一帶好像沒有公會據點。」哈維恩掏出公會地圖翻看，克巴周邊果然完全沒有公會標記，僅有幾個比較小的種族聚落，屬於與外界斷聯的區域。若是求助公會，十之八九必須由狩人部族借道。

當然我們這幾個是屬於不會主動求助公會的黑色種族就是。

我想了想，把米納斯大概的狀況簡單地告知學長和白陵然，除了西瑞、哈維恩和血靈，流越看上去也是要跟著走，應該沒有太大的安全顧慮。

那兩傢伙沒有馬上回訊息，似乎各自有事在忙。

說起來，學長和夏碎學長的幻武應該都好了，八成很快就會被公會叫回任務戰場。

重點是——

「幫我向醫療班退房！」我誠懇地看著阿斯利安，要說現在有什麼後顧之憂，大概就是隨時會出現的醫療班鐵拳。

「呃、我盡量。」阿斯利安好像也想起醫療班的事，咳了聲。

同是天涯落跑人，要死當然你先死。

幾小時後的清晨，我們剛準備出門，就看見門外庭院已放置好大型法陣。

一名管家打扮的白髮老者站在庭院，客氣地對我們開口：「大少爺替各位準備好了，前往克巴部族的方法不多，羅耶伊亞家族正好有商業渠道，區區合作的移動陣法還是可用。」

萬能的大哥。

「臭老大是不是又在偷監視！」西瑞整個大怒，「本大爺就知道監視術法沒有拔乾淨！你們這些可惡的宵小之輩！」

「或許只是少爺對於小少爺的關愛呢。」老管家笑呵呵地回答。

「關你#！＊&$——」

我抓住西瑞把他往後拖，順便摀住嘴，以免他等等惹毛大哥讓大哥收回移動陣。「替我們感謝大哥，有機會再來拜訪。」

老管家從容地朝我們揮揮手。

阿斯利安要回公會，所以沒有一起進陣法。

雖說是突然的旅程，不過我身邊都是戰力高的人，光一個流越就很有定海神針的安全感，加上在殺手家族補滿了物資，所以這趟壓力不算太大。

羅耶伊亞家族的移送陣法終點定位在離目的地隔一座山的位置，靠狩人部族比較近，不過根據管家先前告訴我們的資訊，這地方並不在狩人巡查的範圍，碰見他們的機率不高。以這個地標爲起點往西約莫五十公里處有個一般人無法得知的黑市交易所，早先黑市用來交易一些不能上檯面的珍稀物品，只有特定的地下家族才知道，殺手家族自然也有門票，所以在這個地方設了一個傳送點，正好這次用上。

「這裡有幾個較小型的古戰場。」哈維恩比對了地圖，目光投向山脈：「還有幾處殘留的禁地術法與封印，可能會稍微影響移動。」

「不礙事。」流越抬起手，我們周圍馬上有幾個小東西被彈開，仔細一看居然都是不知道什麼時候靠近過來的詭異小生物。

我看到腳邊有隻金綠色的人臉甲蟲時，直接跳到哈維恩身後。

西穆德彈出了指尖大的小光點，光點落地後捲出巴掌大的小龍捲氣流，隱隱可從裡頭感覺到一些晦暗的血氣與恨意，有新有舊，顯然是古戰場或是數百千年前殘留至今的亡者氣息。

「這個也可以吃嗎？」我看著龍捲氣流往內收縮，變成灰黑色的小石頭。

「嗯。」西穆德點點頭。「小零食。」

看來不是能吃飽的東西。

再次覺得白色種族腦袋都不好，明明與血靈合作可以打掃戰場，看看人家撿血氣和怨恨多麼順手，天然無公害。

有流越領頭，我們往那座山的路上沒遇到太大的阻礙，可能這些戰場殘破的餘留術法對羽族來說連根手指都用不上，他拆解得異常輕鬆；走了很長一段距離後回頭，可以看見幽暗的土地上出現一條比較明亮的道路，活像蛞蝓留下的水痕。

「吃嗎？」西瑞往我手上塞了一包洋芋片，扭頭要遞給哈維恩時遭到夜妖精的拒絕。

我看了一下包裝袋，蜂蜜洋芋片。「……你不覺得很佔空間嗎？」外出旅遊的零食屬洋芋片最佔位置好不好！

「安啦，本大爺百寶袋很深。」某殺手拍拍自己的口袋。

這又是看了什麼啊喂！

走在前面的流越猛地停下腳步，黑色手套往我們這邊伸來，周邊的氣氛彷彿正在無言地抗議自己被排擠。

「給你給你。」西瑞連忙又掏了一包給對方。

然後我們在大祭司拆開包裝之後的帶領下，真的就變成郊遊了。

西穆德沉默地聽了一會兒洋芋片的喀嚓喀嚓聲，又沉默地看了看哈維恩，似乎想講點什麼，最後他自己默默遁入了黑暗，大概是想假裝他不是郊遊隊伍的一員。

不得不說流越在這方面人真的很好，而且還入境隨俗，今天如果換成學長看我們這樣拎著洋芋片三連吃，可能會把我頭皮打飛。

「這邊已經快要進入昔日雷雨部族的領地範圍。」不合群的哈維恩眺望黑暗的山頭，微微皺了眉。「山上的氣息不太好，還是要小心。」

「雷雨部族也很有名嗎？」我吃掉最後一片洋芋片，把包裝袋摺好收起來。隱隱可以感覺到山上有幾縷不善的意念，可能駐地在某一處的遠望者清理過舊日的某些痕跡，但還是留下了屬於黑暗的氣味。

「是個小種族。」流越拋起空袋子，垃圾在他的掌心上直接碎裂成粉塵，一點不剩。

「沒什麼名氣，僅是小規模的混血妖精部族，還存在時並不強盛，繁榮時期過後走向衰敗，最後殘存的族人併回雷系、水系妖精族。」哈維恩如常地為我講解：「會留名的原因除了他們曾出過兩、三位戰爭英雄以外，就是當時他們是實驗人造幻武兵器的種族之一，不過這段歷史被很多白色種族抹掉了。」

「實驗？」我愣了愣，有點意外聽到這個詞。

「嗯，幻武兵器大量普及之前，有許多種族曾嘗試想要製作類似的物品，畢竟是戰爭年代，武力越強越好，不擇手段搶奪任何可能性的做法不在少數。」夜妖精思索了半晌，繼續說道：「其實我並不太喜歡使用幻武兵器，也與他們形成的方式有關。」

「不是生靈或自然力量被時間沖刷後成形的武器嗎？」我想了想，扣掉米納斯與魔龍不說，之前認識的烏鷲確實在未來很可能也會成為武器返回，另外，遇到過很多其他兵器都有生前，但也有的是某些自然力量凝結變化，如喵喵的系飛爪。

哈維恩看了看我，語氣有些淡漠：「並不是每個生靈都能夠成為兵器，幻武形成的原因很多，但在這個過程中淘汰率亦很高，另外還必須經過長久的時間沖刷、累積，才會在這一、兩千年之間突然大量產出，成為人人容易取得的存在。那麼如今種類繁多、數量龐大到過於普及的幻武兵器，甚至有些彼此還有關係，你認爲是如何形成的？」

被他一挑明，我幾乎整個人毛骨悚然起來。

夜妖精看我的表情，點點頭，往下道：「沒錯，因爲經歷過慘烈的戰爭，而且不是一場，是數千萬年累積下來，數不盡的戰場與數不盡的死者，經過了漫長的時間沉澱與淘汰，最終洗淨一切成爲幻武兵器。」

我抖了下，突然意識到爲什麼之前接觸過很多年歲高的存在們不太使用幻武兵器，而且鍛靈者這麼稀少。

如果不是自然之力形成的兵器，那一個個就都是失去記憶的亡靈，每個都在歷史上存在過，很可能翻開某一族的記錄還可以看見他們曾經璀璨光輝的時代。

「幻武兵器最初出現在世人面前時並不叫幻武兵器，各種稱呼都有，較常見的是英雄兵器或英靈之刃等等，取那些亡者英雄歸來的意思。因爲自帶高強力量、使用者門檻低，比各族精心鍛造，或是絕對力量凝結生出的高階武器容易入手，於是有些種族開始針對一些天賦高強，但有某些原因難以上戰場的人們進行實驗，意圖將他們轉化爲幻武兵器。」哈維恩甩出術法，除掉一些擋在路上的荊棘雜草。「雷雨部族犧牲過一些人，也眞讓他們做出一把幻武兵器，因此被記載。不過那是戰爭時代的事情，很多人對此睜隻眼、閉隻眼，後來這種獻祭在各族越演越烈，在檯面下開始扭曲成大規模的屠殺後，立即被各大種族公約禁止使用，列為禁術。」

「還有個原因，形成幻武有個主要條件是心甘情願，或憎恨或遺憾或深愛，都必須有強烈的奉獻意願，被屠殺者幾乎不符合這點，只是白白犧牲。」流越淡淡嘆了口氣，補充解釋被屠者因怨念極重更容易扭曲成鬼族與妖魔的事後，才繼續說：「在我們那個年代數量少，尚未引起注意，並無這麼嚴重，而且幻武會出現的起源確實是想要庇佑生靈，沒想到卻被濫用。」

「幻武的起源是什麼？」我想起我身邊人們那些幻武兵器。

「死者不肯離開世界，數量極多的亡靈之魂啼血悲泣，最後驚動了冥府與六界，不得不與世界意識交易，編織這些亡靈的靈魂力量，令他們成為無知無覺的兵器留存世界，直到最後力竭散化。」羽族在胸前做了一個悼念手勢。「往後符合種種嚴苛條件者，就會被賦予成為兵器的資格，沉睡在歷史中，直到以另外一種型態再度甦醒。」

某方面來說，幻武兵器也等於一種違反世界意識的產物吧，畢竟按照正常走向，這些靈魂是必須去所謂的安息之地，只是種種原因之下，世界意識才不得不妥協。

話說回來，以這個為前提的話，學長的幻武是自然力量形成，還是亡靈兵器呢？

不過力竭散化是指這些幻武最後會消散嗎？

那不是太悲哀了？

突然覺得心情不好了起來，那還不如不要用幻武，至少他們不會消逝。

「散化是指幻武的身分與含有的力量，大部分還是會留下一點魂靈，最後依然會被接往安息之地。」哈維恩大概是想安慰我，講了一個比較樂觀的方向。「不過因爲靈魂力量在身爲幻武時耗盡，可能會沉睡很久很久，也再沒有任何記憶與過去。」

「類似初生靈嗎？」我還是覺得很哀傷，這次回去之後可能沒辦法好好直視那些幻武了。

「嗯，你可以想像是靈魂殘片，要經過很漫長的時間才能重新成形，但也已經不是原來那個靈魂了。」哈維恩想了想，繼續開口：「但這是他們的選擇，也算是一種……人類所謂的轉世，站在他們的立場，他們依然想要留下來作戰，作爲幻武兵器是他們連死都執著想完成的心願，你不須要覺得有負擔。」

我呼出口氣，想到烏鷲離開那時說的話，大概可以理解成爲幻武兵器的人們的那種執念，對他們而言，這應該是更理想的選擇吧唉……

還是那句老話，如果不要有戰爭多好。

「好啦！出來玩就是要開心！」

西瑞直接搭住我的肩膀，語氣爽朗地把有點嚴肅的氣氛掃開：「而且這種東西講究心甘情願，大爺要是哪天掛掉也可以當你的兵器啊！」

「呸呸呸！」我揮開這傢伙的爪子：「你忘了九瀾先生的賣身契嗎。」竟然想一屍兩用嗎，而且不管怎樣看起來會先掛掉的那個應該是我啊我說。

「……」西瑞嘖了聲。

說起來還有個幻武和這傢伙很像呢！

我想到那隻血色貓，這個很肯定就是亡靈了，九瀾的笑骷髏都說了他們有生前，不知道以後有沒有機會徹底了解。

一路登上山頂已經是下午時分，原本天色就略顯灰暗，直到越過山腰才發現密集的深林裡布滿暗色雲霧，流越邊拆解零零散散的術法，邊教我們辨識一些古代遺留的陣痕。不愧是走到大祭司地位的人，接受過祭司職前訓練，講起課來非常清晰易懂，居然不比我們學校的老師差，連本來興致缺缺的西瑞都越聽越認眞，更別說對這部分很有興趣的哈維恩，幾乎把這段行程變成課外教學，連連發問。

最後到山頂時，流越讓我們幾個人嘗試驅散術，很快地便把大片灰霧散開了八成，居高往下望去，隱隱可看見周邊地勢環境。

「往東邊是雷雨部族舊時禁地，遠望者清理過，現在應該沒有什麼殘存了；往西邊則是我們這次要去的地方。」哈維恩確認過方位，下意識看了看流越：「繼續走嗎？或是在這裡留宿一晚？」

本來爬座山，就連現在的我都可以輕易攻頂，不過路上的障礙術法太多，如果不是流越在，我們一堆人可能還要暴力破壞才過得去，而且很大機率會把山連地皮夷平，現在大家都下意識聽從流越的想法。

「繼續吧，離出口不遠了。」流越很隨意地回應：「我能感覺下方不遠處有殘留傳送術法，修復一番應該可以銜接對應山口。」

收起筆記，我有點感嘆。「如果你沒有急著回羽族，搞不好還可以去學校當老師。」

沒想到流越居然針對我的感想回答：「事實上你們學院有來詢問過意願。」

「真的嗎！」突然感到未來有點光和感動，至少流越的課堂不會殺人吧！也不會踏進去有陷阱吧！更不會回答不出來或是沒交作業就下地獄吧！

「嗯，貴校董事說學院學生儘管拿去玩，死了也無所謂，日常不順玩學生是好選擇，綜觀所有學院只有你們學校辦得到，算是一種教師福利。」流越很誠實地回道。

「……」馬的三董事，誰拿玩死學生當教師福利啊靠杯！

「另外公會、海上組織也來詢問過。」流越伸出手指，慢慢地算了下這段時間收到的邀約。可能是孤島倖存者，又或是他原本大祭司的身分與驚人的強悍實力，一輪聽下來竟然每個邀請都大有來頭，光是各學院的邀請就涵蓋目前檯面上叫得出名字的幾大學校。

太搶手了。

突然覺得這次旅程鑲金。

「所以你要去玩……咳，要去當老師嗎？」想想浮空島與孤島事件的後續處理也需要漫長時間，如果流越沒打算在某處隱居避世，當老師可能也是個選擇。

「暫時還未決定。」羽族搖搖頭，可能因為我是孤島事件相關人員，他沒有隱瞞地說道：「以孤島之事優先，公會近期已派出菁英隊伍，針對島的外圍海域進行肅清，不日將鎮壓沿海地區與建立據點，屆時我與式青等人也會參與，同時代表瑟菲雅格遺族回收臨海遺體。」

島上還有異靈和一大堆妖魔鬼怪，所以老早就是公會……應該說各種族眼裡的拔除重點，海域初步掃蕩完後，進入的聯軍恐怕會非常多。

我其實滿想參加掃蕩行動，畢竟當時我們一行人從孤島裡面出來，對那個地方總有不同的感觸，很想親眼看看她重新恢復光彩的一天。

想了想後我提出來，西瑞馬上伸手：「那麼大爺也要去！有啥好玩的不能丟下本大爺！」

哈維恩則是露出不太希望我們跑去喇賽的表情，但沒開口反對。

流越淡淡的聲音傳來：「如果有機會再次並肩作戰，將會是我的榮幸，畢竟在很久以前，我們的先祖也曾彼此交付生命，共同抵禦外敵。」

就這樣有一搭沒一搭聊著，外加西瑞的零食支援，我們很快到達所謂的殘留傳送術法。

也不用流越指示，先一步到達的哈維恩馬上找出位置並且快速修復，轉眼一個嶄新的陣法圈出現在我們面前。

如同流越所說，傳送術法的出口在另一邊的山腳下，對應處的術法也破損了，不過當個座標仍綽綽有餘。哈維恩到達後又修復好這邊的傳送陣，回程我們就可以從這邊傳回靠近山頂的地方，然後再從山頂留下的新陣法傳回殺手家族的傳送地。

又或者可以從礦坑那邊做新的傳送陣直達傳送地之類的，到時看狀況而定。

我們抵達位置的不遠處是一片古老廢墟，地上原先的建築物都沒了，只隱約殘留一點地基痕與凹坑，遠望者大概比較少來這邊巡邏，看起來很荒涼，雜草樹木長得相當凌亂，一時之間居然沒個比較舒服的下腳處。

幾隻長相怪異的蟲被我們周邊保護術法彈開，很不甘心地拍著小翅膀繞著我們幾人飛舞。

接下來我們的行動速度快多了，這邊的怪異術法顯然沒有山區那的多，一些殘留的也都被先前來過的遠望者們清除乾淨，所以在即將入夜時我們便到達了目的地入口處。

「斐利尼礦坑。」哈維恩掃開一塊傾倒大石板上的雜物與厚重土石，讀取上面的妖精文字：「隸屬於……嗯，這裡的文字磨壞了，不過看上去似乎不是雷雨部族，可能是後來接收的其他部落。上面記載這處礦坑盛產耶莫桑朵之石，但千年前因爲某些事故，加上礦脈產量衰減，於是封閉，不再進行開採。」

某些事故直接和可怕事故畫等號。

不是我要這麼想，因爲每次發生的事情都不容樂觀啊！而且還有一堆喪屍爲前提。

有種給我們一個沒妖怪的金礦！

流越散去入口術法後，出現在我們面前的是一條極長的山道，兩側是高聳入雲的黑色石壁與尖石，上頭布滿斷斷續續的殘缺圖案與文字，地上有些零散的石塊與工具，倒沒看見骨頭什麼的，可能當時封閉得沒那麼緊急。

然而也在術法散去後，我和哈維恩同時感受到空氣中帶有一絲黑暗氣息，於是我們互看了一眼，紛紛提起更高的戒備。

「衝啊——！」西瑞直接跑出去。

「等等，有障眼……」

流越還來不及阻止，我們就看見西瑞從他的人生大道往下掉，看似無損的地面居然是中空的，衝出去的傢伙一腳踩空，那個「啊」都還沒結束，就聽到聲音變成了從下方傳來。

一道影子自我們身邊擦出，藏在黑暗的血靈猛地甩身進入地洞，幾秒後西瑞被丟出來，接著是血靈安全回到地面。

「卑鄙的路！」西瑞跳腳。

「有障眼法。」流越終於可以把話說完。

哈維恩把浮貼在地上的法術解開，迎接我們的是坑坑洞洞的長路，那些洞有淺有深，剛剛西瑞掉下去的就是個深不見底的黑洞。夜妖精隨後丟出幾顆照明光球，小球順著路面各自跑出一段距離，也照出一些淺坑裡散亂的骸骨。

……我就知道沒有這麼安全。

下秒，那個黑洞嗡嗡作響，立時衝出一條黑色物體，洞前的西穆德極快地旋身揮刀，重重斬掉那玩意的腦袋——其中一個腦袋。

雙人環抱粗細的條狀生物轉了兩圈在空中張開所有腳足，看似蜈蚣一樣的軀體，每節軀幹上都有一顆猙獰的生物腦袋，或是人形或是獸形，大張的嘴裡滿是黑色尖銳的細牙。

「停下！」捕捉到扭曲生物的核心靈魂，我直接動用力量讓人臉蜈蚣煞住動作。

蜈蚣整個僵硬停在半空中，維持要朝西穆德撲過去的姿勢。

西穆德握著長刀，詢問我的意見：「殺嗎？」

「殺。」怪物的心裡沒有正常語言，我點頭，整條蜈蚣瞬間被血靈砍成碎肉。

「下面還有其他的。」哈維恩聽著不斷傳來的細微聲響與黑色力量波動。

「不需在小阻礙上浪費時間。」流越示意西穆德與西瑞回來，隨即取出法杖勾動周圍殘留術法，重新編織出法陣，覆蓋在那些坑坑洞洞上，水色與白色的符文飛快下沉，鋪出一條發光道路。下方往上衝的黑暗生物在洞口直接撞在這些咒文上，發出陣陣黑氣與惡臭。「走吧。」

跟隨流越的步伐經過一處洞口時，我看到一張充滿肉瘤的臉想要從術法後擠出來，整張臉不斷被燒灼，露出了底下紫黑色的碎肉與骨骼，濃稠黑血濺出，視覺畫面讓人相當反胃。

走完漫長的山道，最終出現在我們面前的是封鎖的山脈與高聳的石刻入口，入口大門被封起，上頭還有幾道深深爪印。

石門的右下角有個約成年人高的破洞，大概是被盜賊或是機車冒險者砸出來的，周邊滾落幾塊藍紫色的水石，看上去砸開的手法很粗糙，年代也很久遠。

「……裡面有數層精靈術法，等級非常高，還有多種移動術法的禁制。」流越站在洞口感知了半晌，有點意外，然後朝我們招招手。「可能會有迷霧或幻境、轉移術等等，我想設下術法的高階精靈是爲了預防有人闖入或是裡頭的東西跑出，要分析需要些時間；無法確認會不會走散，先都做點追蹤術法。」說著，他在每個人手上留下一個光點，連血靈都沒例外。

確認該有的措施都做好後，我們這才小心翼翼地往洞口靠近。

我剛踏出兩步，手臂就被拽了一下。

「來來，綁個。」西瑞掏出條繩子往我的脖子比劃。

「……」你怎麼不乾脆拿出條狗鍊呢。

最後在我的白眼和抗議下，繩子綁在手腕，一邊的哈維恩竟然還露出有點失算的表情。

不要學這種餿主意啊喂！

流越看我們都準備好，這才打開洞口通道。

一陣白霧撲面而來。

⁂

四周變得有些亮。

攻頂之後再下山一直到礦坑這邊時已經深夜，但在邁入破洞的大門後，我們四周反而明亮起來，是種朦朦朧朧的雪白色光，帶點溫暖的米色，霧氣像絲綢一樣濃到快要實體化，帶著冰冰的涼感從我手腳邊劃過去。

左手腕突然被一扯，我回頭對上西瑞那張大臉。

「……」好喔，其他人還真的都不見了，除了綁在一起的西瑞，不知道該說他誤打誤撞還是實驗成就經驗。

我試圖感應周邊，沒有哈維恩與血靈的氣息。

認真地說，包含流越在內的三人我完全都不擔心，我只擔心和西瑞綑在一起、高風險高困境的自己。

「太好了命運之繩沒斷！大爺果然是最英明的！」西瑞喜孜孜地抬起那條罪惡的繩子。

我抹抹臉，微微地深呼吸，心平氣和地開口：「這裡是礦坑裡面了嗎？」

回頭看向剛進入的地方，入口慣例地已經不見，周圍全是濃稠白霧，連地面都厚厚一層，看不出環境細節，甚至一點生物氣息或力量都沒有，好像我們兩個被某種東西單獨隔離起來。

「蛋吧。」西瑞左右張望，「有股熟悉的臭味。」

「腰子那個腎？」我想想，試圖確認。

「不是，可以烤來吃那個蛋。」某殺手比劃了一個大小，大概是怕我聽不懂，又追加一句：「放大的蛤蜊。」

「等等，那種東西不能烤來吃吧！」完全沒聽過蜃是烤來吃的喂！

「可以吃啊，大爺以前吃過，老大他們挖的。」向我發出反駁，西瑞用一種「不要大驚小怪」的表情說：「很好吃，下次拿個給你。」

「先不要。」再怎麼說那也是個妖怪吧，完全無法想像烤來吃會發生什麼事……啊不對，靠杯又被他帶開話題。「所以這個是蜃？」

「對，你看。」西瑞拍了我的肩膀，示意我往比較遠的方向看去。

距離我們大概四、五百公尺外的白霧中緩緩地浮現出一幢幢石雕建築，可能這隻蜃看過的建築物偏向西方，所以出來的也是古世紀的那些石柱神殿等等，不知道為什麼還有點眼熟，好像在哪邊看過類似的建築風格。

也有可能是因為這種建築都太像了所以看上去很眼熟。

一抹小小的身影突然竄過去，消失在某根石柱後。

「有人？」不確定是不是眼花，我看向西瑞，後者點點頭，我們就小心翼翼地往那一片疑似神殿的建築走去。

「十之八九是假的，大爺沒感覺到活物。」西瑞扯了扯我們兩個的連線。

「麥鬧。」把繩子扯回來，我無比想剪斷這條孽緣。

越靠近建築物，我真的越有某種不太對勁的熟悉感，不是來過這地方的熟悉感，而是我去過與這些建築物很相似的地方，尤其在看見牆面壁畫時，這種眼熟程度直接勾起我的噩夢。

「這是……」我震驚地往後倒退。

伏水神廟？

不不，雖然很相似，但這不是我去過的那間神廟，看上去材質也不完全相同。

伏水神廟的建築材質是水色玉石，但這個是冷白色的某種石頭，比較起來相對劣質，還有種僵冷枯寂的感覺。

「怎了？」西瑞發現我的反應不對勁，沒有像剛剛一樣冒失衝出去。

我還沒回答，突然又一道很小的身影出現在我們面前，是個看似十歲左右的孩子，一身銀白，好像沒有注意到我們兩個，單手拿著某種東西朝上對光，歪著腦袋邊走邊觀察。

因爲沒有面對我們這邊，只能看見他越走越遠的身影，但不知爲何，我總覺得有點熟悉。

「去看看？」同樣也看見那抹人影的西瑞拽了下我。

我拍拍手環，從魔龍和米納斯那邊確認沒有什麼危險後，向西瑞點頭……然後就被混帳傢伙拖著向前衝了。

果然還是應該剪斷這條生命線！

第二話　往昔的足跡

踏上白石階梯的同時，我更覺得這地方與伏水神殿有極高的相似度。

跟著西瑞一起朝小孩消失的方向走，四周雖然靜悄悄的但並不黑暗，不知道是不是白霧的關係，一路走來反而很明亮，神殿內捲繞的霧氣提供充沛光源，可以很清晰地看見壁畫或是石柱上的各種雕刻。

眞的越來越像伏水神殿。

不論是那些抬著水晶棺的種族，又或者是敘事圖。

我閉了閉眼，正想對西瑞說點什麼緩解焦躁時，空蕩的長廊傳來說話聲音，聽起來離我們有些距離，聽不清在講什麼。

西瑞再度往前跑去，連帶我也跟著一起跑。

跑出長廊轉過一個彎後，側邊出現了一道殿門，兩側有巨獸石雕，天花板則是一圈一圈的敘事浮雕。

經過巨獸玄關，可看見廣闊殿內，以及異常眼熟的水池和上方頂部相應的鏤空半球體。

這裡的球體仍保存完好，就這點來看，應該不是我去過的那座伏水神殿，但底下的水池就比較簡陋了，沒有那些大小龍形圖騰或是精細到驚人的刻畫，感覺像是簡易版的仿製水池，不過乾涸的池中央有著十幾具密封的水晶棺。

水晶棺的擺放方式很詭異，高高低低地疊著，很像散亂的貨櫃，一點也不尊敬死者。

剛剛我們看見的那個白衣服小孩就站在較遠處的水池邊，他身旁還有兩名同伴……也都很眼熟。

「咦？大爺好像看過……？」西瑞直接發出疑惑了。

等到白衣服小孩略微轉過來、讓我們看見正面後，我差點噴出來。

不只眼熟，這臉我太熟悉了啊靠！之前還眞的見過相像的，他哥縮小時也差不多是這樣子啊啊啊啊啊啊！

再加上他旁邊兩個同伴……

現在我轉頭往回走來得及嗎？

爲什麼這裡會出現縮小的三王子、凡斯和安地爾啊啊啊啊啊啊我靠——！

世界要毀滅了嗎！

沒等我震驚完，迷你版的三王子把手裡的東西交給我那迷你的祖先，發出軟軟的聲音：

「這個也是假的，果然不行吧。」

就算縮小也很討人厭的安地爾接過縮小祖先手上的東西。「沒完沒了。」

我這時才注意到，他們好像沒有發現我和西瑞的存在。

「假的。」西瑞丟出一包科學麵，直接洞穿安地爾，白色霧氣立即把那個洞補回去，三個小孩繼續他們的對話。

我摀著心臟，深深覺得每次認為不會再被怪東西嚇到，果然就會被怪東西嚇到確實是個不變的人生定律。

好吧，可確定這應該是過去不知道什麼時候的幻影。

但三王子和凡斯他們認識到掛掉這段時間不是已經成人了嗎？縮小是哪招？

這個看起來得通知學長來處理。

總之，既然知道不是真人、也與我們不會有互動交集，我和西瑞就很放心地暫時旁觀起三個小孩的行動。

凡斯張開手，讓安地爾把東西放回他掌心上，那是一朵灰色的五瓣花，花瓣邊緣似乎被烤過般捲曲微焦。「不行，完全無法使用。」

「看來情報是假的。」三王子嘆了口氣，有點失望：「這裡不是伏水一族的領域，難怪今日的天空瀰漫著一絲憂愁，連風都不復往日精神。」

「大費周章蓋出一個肖似伏水的地方，不知道想幹嘛呢。」安地爾興致勃勃地環顧四周：「假造伏水，還有製作其他生命之石的場所嗎。」

「有可能，這裡的氣息非常不好，下方有大量屍骸和極其邪惡的存在。」凡斯握起手，五瓣花在他手上碎裂成粉，從指縫間落下。「我們目前力量大幅縮減，別下去。」

說著，兩人一起把目光投向三王子，充滿某種指控。

精靈露出無辜的目光：「一切都是主神的旨意，爲了考驗生命的心靈與智慧，我們的道路上或多或少總是會布上一些荊棘。」

「這荊棘可能叫作『一大早食用了精靈製作的東西，造成集體力量潰散』。」凡斯非常冷漠地開口：「還返童。」

「他甚至保證很美味。」安地爾環著手補一刀。

「生命總是充滿出其不意，如同那甜美的果實加上一些藥草，夾入乾糧後，變成的不是早餐，而是讓人驚訝的小東西呢。」十歲左右的三王子露出可愛又純淨的笑容。

……

說眞的，這如果是我朋友，我可能會對著他的腦子搥下去。

所以爲什麼一大早起來要對同伴下毒？

精靈的腦迴路總是不太對。

那邊的凡斯露出很想揍精靈但他極力忍下來的嚴肅表情，只是青筋還嵌在腦門上，顯示著懲回去的怒氣。

三個人就這麼一人一句地邁開腳步，往另一個方向走去，地面白霧一滾，孩子們的身影再度消失。

我手邊繩子動了動，西瑞往池邊走去，邊說：「所以剛剛那是學長他老杯？」

「嗯。」三個人都湊在一起就沒錯了，外人不知道他們這層關係，這段畫面眞實度很高，仿造機率很小。

啊，這麼說起來，流越剛剛才說這裡有高階精靈的術法，難道就是三王子設下的？

按照現在看到的，加上礦坑存在的時間，十之八九應該就是他了。

但既然凡斯和安地爾在場，我不太相信裡面眞的只有精靈術法這麼簡單，光是安地爾出現過就很讓人警戒。

「小心點。」想到那個讓人偏頭痛發作的傢伙，我扯扯生命線，示意一頭埋進那堆水晶棺的西瑞別跑太遠。

沒想到就是這麼一扯，生命線直接落地。

西瑞消失在一堆棺材後方。

「……」

還是放生好了。

我踢到白霧底下的物體，傳來塑膠包裝的聲音。

彎下身撿起剛剛西瑞丟出的科學麵，我嘆了口氣塞進外套口袋，繞著堆疊的水晶棺走了一圈，沒看見消失的西瑞。

果然生命線這種東西是很脆弱的，人要靠自己比較實際。

我取出幾張符紙注入力量啓動，手鬆開後符紙化爲幾隻黑色的飛魚，順著霧氣游出去。沒多久，可以感覺到飛魚陸續碰壁，顯然這個空間的眞實大小沒有我看見的這麼廣闊。

紛紛觸壁的飛魚化爲一灘水，落在地面畫出陣圖，四面八方地拉出線紋相互連結，很快地我面前的假神殿開始搖晃，白霧逐漸稀薄，不再像是布料那種有厚度的濃稠，一點一滴露出現場該有的眞面目。

這是比較簡單的解除幻象術法，原理是以粗暴的黑色力量吞噬其他力量，正好前陣子學校課程有教，看來對蜃這類妖怪有效果，不枉我特地修黑色種族的課。

做了撥開的動作後，僅剩的淡淡白霧也徹底散去。

明亮的光源隨之消失，取而代之的是極爲幽暗的洞穴，停留在幾處的術法提供了微光照明，正好映出藍紫色的石洞壁面。

我重新點亮內部，可確定我通過入口後已經到達礦坑裡，現在所在位置是個巨大的人工洞窟，空間內可見鑿痕，且置放了些生活用品，例如鍋碗瓢盆，也殘留些許術法陣痕跡，可能是舊有的生活區，角落處還有幾個小雕像或奇怪的石塊。

總而言之，就是個粗糙的大空間，沒有其他人，空間比神殿幻影小很多。

回過頭，看見附近有兩、三條通道，可能是剛剛跟著幻境走時不自覺經過一些通道，最後被引到這個地方，其他人或許也是如此，只是不知道去到了何處。

爲了預防自己一個人壓力太大，我想了想直接把米納斯和魔龍放出來，起碼講幹話時有實體對象，比較沒有一個人在小黑屋那麼恐怖。

「小心點弱雞。」魔龍一出來就開口，順便釋出幾架小飛碟，讓它們往各條通道飛去探查。「有很濃厚的死亡氣息。」

「我知道。」剛剛幻境一散開我就察覺到了，腳下不知多深的位置有股死氣與黑暗，這點倒是與凡斯說過的一樣，屍骸與黑暗。可感覺到有東西在壓制，不過我們對黑暗敏銳，我甚至覺得如果有心想調動，依然可以把那股隱蔽的力量提出來。

正要找個地方等待小飛碟回來報告前方路況，上方便傳來一陣聲響，超高的洞頂掉落一大堆暗色沙石，接著一道身影刷地跟著下來，穩穩在我正前方來一個超級英雄式落地。

嘛，認眞地說，看起來確實有點中二。

不過對方不是刻意擺姿勢，應該是掉下來時剛好就是這種姿勢，因爲他單手還握著長刀，落地瞬間蹦起身，直接把跟著掉下來的另一團東西砍得四分五裂，死得不能再死。

血靈甩掉刀上黑血收回鞘，朝我點點頭，然後又四處張望了下。

「哈維恩不在這裡。」莫名感覺他應該是在找夜妖精，我多嘴提了句，然後視線轉向剛剛被砍的東西——勉強看得出是團人形生物，但四肢和腦袋都被剁掉了，全身泡在黑血裡正被腐蝕，只看得出一身詭異又帶著惡臭的肉瘤，面目或種族特徵均沒有。

「詛咒生物。」西穆德走到我旁邊，佔據平常哈維恩站的位置。

我抬頭往上看，血靈掉下來的洞已經不見了，但可以看得出來原處有東西在蠕動，慢慢地把缺口填回去。

「咒術。」魔龍很有興趣地飄上去觀察了半晌，再下來時那具屍體已被溶蝕到只剩下一具骨架，惡臭飄滿整個空間。「讓人不破壞這空間的小玩意，不可出來也不可進去。」

幸好我身上有一堆守護，只隱隱感到有點異味。

「你怎麼弄下來的？」既然是不給進出，怎麼血靈可以衝下來？

「破除到復原有一點時間差，只要趁機闖入即可。」血靈拉起有點破碎的袖子，手臂上幾乎被刮掉一層皮，是穿過破口時造成的傷勢。「詛咒生物身上也有類似的術法，所以我抓一隻來破陣，爭取時間。」

簡單粗暴。

很可以。

我拿出幻武兵器往那具要化不化的骨架開了一槍，讓它完全溶成一灘水，順便淨化空氣。

「是普通的森林妖精。」米納斯趁機分析骨架，說道：「身上有觸碰某種惡性存在的痕跡，但不是蝨也不是附近的精靈術法，比較像更下方的那存在。」

「講白點就是惡性詛咒。」魔龍興致勃勃地開口：「本尊可以吸收，搞不好很補。」

「我會沒命嗎？」那下面的玩意連凡斯都拒絕接觸啊喂！

米納斯深深地看著魔龍。

「本尊像是會讓你沒命嗎。」魔龍轉開腦袋，不過還是很堅持地說：「你掛了對本尊又沒好處。」

聽起來是可信，然而我總覺得這傢伙的潛台詞是不會沒命，但不保證不會去掉半條命。

「反正小傢伙來了，你省得浪費精神力。」魔龍一說完，秒鑽回他的借石裡，速度之快，心虛非常。

米納斯也怕我長時間喚出幻武靈體浪費體力，跟著回去了。

沒多久，小飛碟一架一架回來，開始在我身邊繞圈圈。

三架傳來危險，一架安全。

我看著比較狹窄的安全路，很好，全部都黑漆漆。

不過我們這次是要來找米納斯本體，或本體相關，已知周遭全是喪屍，那肯定就不會在安全路線裡面。

三選一。

「這上面附著的是我剛剛處置的詛咒生物氣味。」西穆德指向其中一架。

很好，二選一。

一架小飛碟翻過來，呈現一個翻肚的姿態，機腹沾染藍綠色的液體與鱗片，還有一股水生生物的腥味。

收回全部的小飛碟，我看著一點氣息都沒傳來、彷彿它是最安全的陰森通道。「這條。」

血靈點點頭，頭也不回地直接開路。

「是說你怎麼知道我在這裡？」我稍微試了下，術法的使用好像只能在「一個區域」裡面，超過太遠便無法擴及，得像小飛碟這樣實體過去，不過小飛碟的探查也不完全，其他的位置沒太多情報，還得像剛剛沾了液體回來這樣帶消息。

西穆德的選擇很像是知道我在他的下方，他才捨棄走通道的選項直接打穿地板……也有可能他單純心血來潮想打穿地板。

「血靈對黑色力量有特別的感知，哈維恩應該也快到了。」西穆德沒有否認我的猜測，小心翼翼地探索前路，邊回答：「其實你同樣可以很輕易找到我們。」

確實，可以感覺到下方有東西，換個方式或許可以探查到哈維恩和西穆德的位置。

「只是得先除掉阻礙。」

血靈揮出長刀。

原本以為路的盡頭會是喪屍，沒想到朝我們撲過來的竟是鬼族！

穿過一層好像膜的東西後，我看見西穆德砍掉迎面而來的幾隻低階鬼族，後面還有一大串、起碼上百隻，看上去好像被困在這裡很久了，扭曲到不成原形的鬼族發出無意義的吼叫聲。

我連忙在後面捕捉這些鬼族的心靈，然而沒有正常的，全都失去心智，只有最基本的殘殺與食慾，就算捕捉到也無法溝通，最多就是把這些東西固定在原地。

「精靈術法。」血靈刀尖點了下那層「膜」，轉身再把剩下的低階鬼族砍掉。

不得不說，戰鬥種族果然夠狠，不用幾分鐘就把一窩低階鬼族全砍光，滿地屍體開始瓦解，一層層的灰在地上被精靈術法排除，沒多久這區域便重回安寧。

「怎麼這麼多鬼族？」我看著地上殘留下來的各種物品，最多的是奇奇怪怪的包袱與一些儲物小物件，製造手法不一，可見這些扭曲成鬼族的原生物很可能來自不同地方，並且在這裡成為同個種族大團圓。

「冒險者、探險者、竊盜者。」血靈挑開幾個行囊，裡面掉出地圖等野外用品。「還有一些通緝犯與強盜。」刀尖貫穿一個儲物飾品，裡面爆出一小堆珍貴的財寶與死於非命的奇怪乾屍。

看來這座礦坑千年下來的拜訪者比我們想像中還要多。

確定這裡已經淨空後，我正要往下走，就看見血靈任勞任怨地收集地上比較值錢的東西，包括乾屍旁的寶物……感覺我好像在他心裡樹立了某種不太妙的形象。

收拾好並稍加清理，西穆德把一堆東西打包遞給我。

「……謝謝。」我還能說什麼呢，這些黑色種族一個比一個賢慧持家。

同時間，地面上突然又開始漫起一層白霧，如同先前假神殿那樣濃稠，很快就把我們周邊的環境重新包裹成明亮的白色空間，不過這次沒有模擬出假神殿，環境大致還是與原先洞窟一樣，唯一的道路前再次站著那三道小身影。

「好多鬼族呀。」縮小版的三王子站在通道前感慨，幾人腳邊是同樣正在化灰的鬼族屍體。「希望主神能將光明照耀陰影處，令迷茫的靈魂能夠步入該去之所。」

「下面有極度邪惡的存在，一些心懷不軌的傢伙在這裡受到影響而扭曲很正常。」凡斯拾起地上刀鋒發黑的短兵器，冷嗤了聲，隨手拋到一旁。接著撿起一邊半攤開的羊皮地圖，抖掉上頭的黑灰，露出裡面的記錄。「怎麼這麼多愚蠢又貪婪的傢伙相信這鬼地圖的指引。」

「都說了是貪婪，耶莫桑朵的礦脈有機率產出水精之石，又可能藏有雷雨部族或某個古代大族遺留在地底的祕寶……」安地爾頓了頓，幼小的臉孔露出完全不符合年齡的惡趣味微笑。「怎麼可能不吸引人呢。」

「回去之前，我製作個引誘術法吧，至少能夠保護一些無辜的探險者。」小精靈嘆了口氣，替那些黑灰誦禱了一段精靈歌謠。「願後來的冒險者們能夠堅持己心，不被不該擁有的寶物欺騙心靈。」說著，他在通道前畫了個小小的術法貼上去。

站在一邊的凡斯雖然有點不耐煩，不過也跟著補了個黑色的圖形上去。

隨著三王子兩人的動作，我往上一看，上方的岩壁果然有一圈幾乎已被遮蓋掉的精靈符文，很可能他們後來擺脫小孩模樣後有再重新加固過，比幻影留下的繁複許多。不過隨著時光流逝，進入的一些人或鬼族試圖破壞這圈符文，現在留存的並不完全，但依舊吃力地運作中，形成我們剛剛通過的膜，正是因為如此才把這些鬼族困在裡頭將近千年。

「黑色的術法紋有著吸引鬼族的力量。」西穆德端詳著遺留術法，說道：「精靈術法則是把鬼族拘困在此處，這是一個對於中低階鬼族來說只進不出的誘捕陣。」

凡斯和亞那兩人的合作施術很自然，安地爾也沒露出奇怪的表情，看來當時的黑白共生術法比我想像的還要流行。

……也或者是他們兩個私交很好，平日就有針對黑白術法進行交流。

我取出米納斯把能看見的符文都複製一份，不知道哈維恩會不會經過這裡，反正可以給他研究。

這段期間三個小孩又聊了幾句話，便重新邁開腳步往通道方向走。

白霧跟著捲入黑暗的道路裡、緩緩消失，洞窟恢復原本幽暗的模樣。

「繼續前進會接近下方的不明存在。」血靈提醒道。

所以說他們三個最後還是下到最下面了嗎？

我盯著通道，想起剛剛在假神殿時凡斯確實有說過不要下去，不知道是不是中間過程發生什麼事，讓他們改變主意，穿著力量不足的小孩外殼開始朝下面的危險區探索。

不過我們原本就是要往比較危險的地方去找喪屍，所以沒什麼好遲疑的，路也就這麼一條，兩人收整好後便跟著往昔的腳步往前探查。

也許是三王子不太希望後面有人再度接近危險，我和西穆德穿過無光的通道時一直感覺有某種氣流拂過身側，隱約出現想回頭歸家的念頭，幸好不是很清晰，大概這種術法也被某些存在破壞過，就和囚禁低階鬼族的術法一樣，只剩下少許基本功能，對我們來說可以直接免疫。

大約走了十分鐘左右，還是沒看到盡頭，黑暗中我下意識看了流越做上追蹤術的部位，沒有任何反應，不曉得與這裡蘊藏的各種禁制和術法有沒有關係，在神殿那邊看西瑞耍白痴時我就悄悄想發動了，然而毫無動靜，現在也是這樣。

不知道其他人目前是什麼狀況。

「你很擔心其他人嗎？」走在前面的西穆德冷不防開口。

「是還好，畢竟大家都比我強很多。」我咳了聲，就怕血靈下一句嘲諷我擔心別人不如擔心自己——哈維恩就會這麼幹。

「不，越接近黑色物質，對白色種族的壓制就會越大。」西穆德並沒有發出嘲諷，很認眞地說：「可以理解擔憂。」

所以反過來說黑色種族會越強嗎？

我嘗試勾動那種黑暗感，果然輕易就可以調動空氣裡似有若無的污穢力量。這和妖師純粹的黑色力量不同，可能是那些鬼族扭曲前殘留的惡意等等意念，這玩意如果加上鬼族，就會轉爲毒素，一般白色種族無防備下接觸大量鬼族毒素會被扭曲。

這裡雖有惡念，但與那些鬼族的數量比起來相對稀薄，或許還是與三王子他們曾經到訪過有關。

「……嗯？」西穆德突然停下腳步。

我沒想到血靈會原地不動，在摸黑的環境下直接撞上對方，接著前面的開路者泛起一陣微光，照亮了通道。這時我才發現我居然進通道時莫名默認「摸黑前進」這件事，與我平常會點光的行爲不符，這又是什麼詭異的影響？

通道沒想像中狹窄，寬度可以讓兩人並肩而行，高度約莫三百公分左右，隨著光源的出現，兩側深藍紫的壁面上也出現詭異的敘事圖，大多是線條勾勒，很像是用某種工具刻鑿出來的，手法粗糙，有的線條凹陷處還填充上細小不明的黑色塊狀物。

那種要人回家的氣流又輕輕地飄過去，這次我很明顯感覺到除了要人滾蛋的輕語外，還含著某種「別看」的絮語。

看來摸黑走路也是這東西的影響。

壁畫大部分都是描述當年開採礦脈的情況，可看見很多代表妖精的火柴人施展術法開闢礦脈，搬出一塊塊水石，有幾處受到某種力量影響的位置可能因爲無法使用術法，改爲人工開鑿，我和西穆德所處的通道似乎就是其中之一。

「這是因爲要置入新的水系力量，催生品質更好的耶莫桑朵。」米納斯的聲音柔柔地傳來。「把幾個凝聚力量的重點礦脈加以人工培植，藉此增進數量與品質，是很常見的做法。」

原來如此。

沿著壁畫向前走，火柴人的礦坑活動也做得相當熱鬧，看起來收穫很好，運出去的礦石數量極多，還有幾幅是他們慶典的畫面。

來到最後，火柴人們的礦脈通道朝下，迎接他們的是一個深不見底的洞穴。

在那個最終的黑暗裡，出現一隻眼睛。直視外界的瞳孔處被三道獸類爪痕破壞，這也是火柴人們最後一幅敘事圖，後面的牆壁什麼都沒有了，延展過去皆爲凹凸錯落的石壁。

火柴……妖精們挖到什麼？

這與他們後來封閉礦脈有關嗎？

是雷雨妖精挖的還是其他妖精？

通道吹起陣陣的風，帶來血腥與腐敗的氣息，遠處傳來兵器交戰的聲音，還有我很熟悉的黑色力量感。

我與西穆德馬上用最快速度向前衝。

※

還是用了一、兩分鐘的高速奔跑才跑完漫長的通道。

血靈動作比我快很多，我跑到一半時他已抵達終點，等我衝出通道口，正好看見他和哈維恩合力把一隻巨型的……應該是馬陸砍倒在地。巨型馬陸比我們在外面遇到的蜈蚣大好幾倍，幾乎是條小龍，因爲放太大了，視覺效果超級噁心，更別說牠被砍翻之後翻過來的腹部每個節都有一顆紅色的眼睛，上百……可能近千顆爬滿黑色血絲的眼睛不斷亂轉，看得人渾身雞皮疙瘩爆炸。

「我要密集恐懼了。」非常想自戳雙眼。

仔細一看，還不只大的這條，整個洞穴地板都是密密麻麻的馬陸，雖然沒這麼大，但最小的也有手指粗，我剛剛太快衝出來直接踩了一腳，剩下的才被保護術法彈開，然而也改不了我腳底有一灘馬陸醬的事實。

如果這也是三王子拘禁術法導致的，我真的會很想罵一句靠杯。

連忙取出米納斯和小飛碟，全身發麻地朝地面上連開幾槍，強力腐蝕性液體瞬間席捲數不盡的馬陸子子孫孫，順便再往那條被哈維恩和西穆德釘住頭尾的巨大版眼球馬陸潑過去，一時之間大量眼睛被王水潑到的溶化氣味瀰漫在空間裡。

哈維恩和西穆德的表情逐漸變得一言難盡。

他們可能想揍我，不過最後只雙雙加強周身的保護術法，看樣子還暫時中止嗅覺來對抗無差別的空氣污染攻擊。

地面到處都是強酸泡泡，深陷其中的小馬陸還傳來各種溶化的滋滋聲，聽起來很不舒服。

不過巨型眼球馬陸帶來的視覺效果比這些東西更讓人不舒服，沒想到王水級攻擊竟然只溶掉牠大半眼球，身體並沒有受損，腐蝕一半的眼球流出黑帶綠的膿水，外殼安好，強酸像是被溶掉的眼球擋住，沒浸蝕到內部的血肉。

「這東西防禦與毒性很強。」哈維恩往後退開。

夜妖精的左臂袖管被撕開，裡面有道很深的傷痕，血肉模糊還泛著不祥的青黑色。他在戰鬥時做過基本處理，傷口頭尾都用細繩紮緊，還覆蓋一層藥物，只是沒能完全解除毒素。

哈維恩幫我購置的各種藥物不少效力很強，還有黑市找來的奇特藥品，這些東西他身上也有一份、甚至比我還多，現在看起來都沒辦法解馬陸毒。

我對空開了一槍，水花轉繞，拉成一條閃爍銀光的細線鑽入哈維恩的傷口，加上小飛碟的加乘效果，很快就看見被染黑的水逐漸往外捲出青黑色的毒素。

「毒素侵蝕性很強，已經蔓延到身體各處。」米納斯的身影在我們身邊浮現出來，半透明的手按在哈維恩的手臂上，突然加快抽取我的力量與精神，黑水在外甩淨毒素恢復純水模樣後，再次鑽進傷口，不斷快速地反覆融合毒素帶離身體的動作。「很痛，忍忍。」

聽到這句，我才發現哈維恩罕見地冷汗飆了一身。

「沒事。」夜妖精面無表情，很冷靜地開口。

讓他們專心療傷，我召喚出魔龍，本來就在流逝的精神力又噴得更快，幸好還在可負擔的範圍。

「這是魔獸啊。」魔龍挑眉盯著眼球馬陸，聲音有點嫌惡：「被鬼族毒素扭曲過的魔獸，難怪一身鬼族的臭味，和你們在上面遇到的蜈蚣很類似，不過這個狂化得更徹底。」

我試圖捕捉馬陸的心靈，不出意料，完全是無法解讀的馬賽克，更別說交流控制。「搞得死嗎？」

「本尊沒有搞不死的東西。」魔龍召來所有小飛碟，除了留給米納斯加強輔助的那一架，一排小飛碟依序飛到還在掙扎的巨型馬陸周邊上下飛舞繞圈，散出一個個發著暗光的黑紅色符文，這時西穆德也退開，邊退還不忘甩出幾把力量凝聚的長槍，貫穿馬陸的嘴眼，連著腦袋牢牢固定在地面。

「你是怎麼穿透的？」既然眼球馬陸的防禦那麼強，為什麼哈維恩和西穆德他們有辦法把頭尾釘在地板，那條尾巴到現在都還沒從類似的黑槍掙脫。

「我們在尖端處抹上一點血靈特有的血肉咒術。」西穆德抬起他受傷的手臂給我看。「血靈自戰場的血與殺戮生成，我們的血肉具有一部分世界上最鋒利的殺戮戾氣，遇上這種情形時可如此應用。」

簡稱：本體即殺器。

兩三句談話間，小飛碟的術法陣已架構好，魔龍繪出的詭異陣法是深沉的黑與血腥的紅，圖紋對接時流淌的暗光傳出一陣陣唱喪般的詭異低語，是個與黑白術法不同、眞眞正正的魔族陣圖。

我直覺我調動不了這個看起來很高級的魔族陣，只能把力量都傳給小飛碟，讓它們自己轉換能量源，供應魔陣運轉。

眼球馬陸感受到魔陣的威脅性，原本想要整隻暴起，但因頭尾被固定住，只有中段的身體猛烈拱高，呈現「∩」的形狀，還完好的大量眼睛憤怒地凸了出來，惡狠狠地瞪視我們這方，殺意化爲實質，空氣中凝結出密密麻麻的尖刃，暴雨一般打在運行的陣壁上。

「雖然算是垃圾食物，不過不無小補。」魔龍抬起手，朝上的掌心翻過向下，魔陣圖紋直接附著到巨型馬陸上，盤旋在旁側的其中一架攻擊小飛碟突然從中裂開，張出一張深黑的嘴。

「暴食。」

巨型馬陸發出很淒厲的尖嘯聲，不是憤怒而是極端的恐懼，旁觀的我同步感受到那種從骨子裡傳出的深深驚恐，然而受到魔陣束縛，無論馬陸哀嚎得多大聲、多顫慄，還是無法逃出困地，就這樣連著黑槍開始，從尾部一點一點化成黑色光點，飄進小飛碟的嘴裡，眞的很像被吃食一樣逐漸消失。

整個過程非常迅速，直到巨型馬陸最後一丁點消失不過三十秒。

「眞難吃。」

魔龍丟出評論。

小飛碟嗝了聲。

第三話　假神殿

魔龍啓動魔陣時抽走我大部分的力量。

小飛碟吃飽後，轉換過的力量又緩緩反哺回我身上，居然快要恢復到原本的狀態。

「沒毒吧？」我抓著飛回來的食蟲小飛碟，那張嘴巴已經不見，不過上面的暗色文字好像變得稍微明亮一點。

「沒事，本尊把你可以用的那點轉化成黑色力量，其他的本尊拿走了。」魔龍很不以爲然地說：「暴食就賦予在這東西上面了，下次遇到魔族可以發動，替本尊補充能量。」

所以小飛碟吃掉的大部分還是都被魔龍拿走了吧！對我來說除了補藍條以外，沒其他的成長益處啊！

「你有這麼方便的技能之前幹嘛不用。」丟開小飛碟，我看米納斯那邊差不多快要收工，她正在替夜妖精仔細地包紮傷口。

「你以爲本尊不想嗎！要不是你這個殘廢身體能量不足，本尊早就發動『暴食』！現在能用還多虧上次那顆生命之石，恢復了本尊一點基礎！」魔龍大怒，張嘴就是對我身體的唾棄。

換句話說勉強算是兵器進化吧，看來暗楨生命之石還是有用處。

「除了這個還有什麼新功能嗎？」我看著好幾架小飛碟，猜測是不是每個都有魔龍的特殊技能。

「本尊爲何要告訴你？」魔龍冷哼。

「滾吧。」我直接把魔龍收回手環，決定無視這傢伙。

一窟馬陸都蒸發乾淨後我才重新好好打量這個地方，意外的是這裡並沒有精靈留下的術法，也就是說這並不像路上那些封鎖鬼族的情況是刻意爲之，而是巨型馬陸不明原因地在這裡築巢，千年前那時沒有這回事。

這地方沒有冒險者的屍骨……有可能是被吃了，角落有不少小馬陸排放的殘渣、簡稱大便，剛剛王水洗得差不多了，只留下一點殘破的武器。

米納斯完成治療後就回到手環，整個空間剩下我們三人。

我向哈維恩發出慰問，後者則是動了動手臂表示自己沒事：「毒素都已清除，很快就會癒合。」

「你怎麼會在這裡？」我看路只有兩條，一條是我和西穆德來時的路，另一條則是繼續往黑暗深處探索的路，我們並沒有遇到夜妖精，他只可能是從另一邊。

沒想到哈維恩竟然指向我們來時那條。

「這裡其實是一座迷宮。」哈維恩大概理解到我的詫異，主動地帶我返回追來的那條路，我和西穆德走到後段時聽見戰鬥聲，所以是狂奔過來的，沒有很仔細觀看路的兩側。而夜妖精指引我看的正好就是快到達出口的一段，那裡看上去也是石壁，好像沒什麼特別的，不過點亮光源仔細確認後，才發現居然有個隱蔽的出入口。

哈維恩把偽裝的石壁推開一條縫，裡面出現向上的石階，崎嶇不平的階梯上散落一些生活物品，是幾個杯碗，可能是當時挖礦的妖精留下來的。石階兩側都有鑿出放置燭火的地方，可見這是當時礦坑的小路或捷徑。

確實是個迷宮，對我們這些不知道大小路的外人來說。

大概是看我一臉呆滯，哈維恩嘆了口氣，帶著我又轉往另一側，同樣有條階梯小路。「這個、藏得並不算隱蔽。」

雖然你說得很委婉，但我知道你是想說我觸目。

一個夜妖精專走原始捷徑小路，一個血靈撞破地板直達目的地，你們有想過像我這樣好好走大馬路的正常人的心情嗎？

「經過這裡時的確很怪。」西穆德走過來，示意我們看捷徑附近的通道天花板，上方出現了很明顯的高低差，以及相異的開鑿痕跡。

「當時礦坑應該只有到這裡。」哈維恩看著上方比畫，相應的地面也出現不同的落差。「魔獸的洞窟是後來才挖的。」

恐怕是在三王子他們離開後才有馬陸巢穴，這樣就符合了爲什麼沒有精靈印記這件事。所以當時我祖先他們的足跡應該是走到這裡時碰壁，接著找到隱藏在牆裡的階梯，又順著階梯往上或往下走。

問題來了，馬陸洞的那條路通往哪裡？

重回洞窟仔細探查，這次我發現這個洞恐怕不是鑿出來的，而是「腐蝕」，壁面充滿溶蝕的痕跡，連另外一條通道也布滿被溶解的跡象，地面根本不像人形種族走的平坦路徑，反而有點弧度，大小正好就是那條眼球馬陸可以穿過的尺寸。

「進來礦脈前不是有很多扭曲生物嗎。」哈維恩提起西瑞人生踩空掉下去那時的蜈蚣，「看來類似的生物還有許多，並且盤踞在礦脈。」

隨後血靈和夜妖精表示他們無所謂，有一戰的能力，並不怕扭曲生物，尤其是血靈，還可以邊打邊收集零食，對此他頗爲期待。

想想也是，我們三個正好都是抗毒性較強的黑色種族，加上魔龍給小飛碟添加的新技能，多來兩條馬陸也不至於太棘手，不過當然還是不要來比較好。

「那繼續往下走吧。」

蟲洞的路當然是不走了，改走哈維恩發現的捷徑。

不得不說果然是比較安全的路線，一踏上階梯後我立刻看見好幾處妖精的守護圖紋，不少仍在運作，提供了些許保護。一路向下可以發現零散的生活用品，鍋碗瓢盆不說，連叉子湯匙都有；當時最後一批妖精撤離時可能還是比較匆忙，無價值的用具都丟在路上，減少負擔。

哈維恩順便描述了下分散後他的遭遇，他沒像我們一樣看見三王子等人的幻影，也沒有碰到蜃之類的妖怪，他被丟到一個妖精們在礦脈的生活區，隨後發現好幾處這種階梯捷徑，他就循著我和西穆德的黑暗力量感摸過來，正好在快接近時撞上那條眼球馬陸。

所以那隻蜃想幹嘛？

思考無果，我們走了一段向下的路，陸續又遇到幾扇銜接通道的門及轉折點，果然可以連結到一些挖礦妖精的生活休息區，看到不少殘存的用品與過去的活動痕跡，過程中又差點撞上兩次長條狀的魔獸巢穴，不過這次我們有經驗了。

妖精的階梯通道很明顯擁有可以避開這些魔獸的守護，所以哈維恩決定不要正面撞上，發現污染魔獸後我們三個留在階梯通道裡，把小飛碟丟出去自動啃食魔獸，幸好這種被鬼族毒素侵蝕的長條魔獸都沒什麼理智，小飛碟竟然還真的吃得很順利，持續轉化藍條給我，藍條暴增的我只好又把多餘的力量轉存到其他小飛碟上。

最後還是圖利魔龍啊靠杯！

抱持著微妙的上當心情，我們終於走完妖精階梯，最後來到一個大大的溶洞前，裡面的長條魔獸剛被小飛碟吃乾淨，往後是一條黑色的溶蝕通道，那種不祥的黑暗存在感近在咫尺。

這時血靈突然有點異動。

西穆德停在原位，取出一個繞著術法的小盒子，是出發之前流越幫我們做的假生命之石追蹤盒，我們在礦坑外與內部時這盒子都沒動靜，但現在在蟲洞口，盒子上的術法出現變化了。

一條細小的光線筆直地穿入通道，消失在黑暗之中。

這下子事態變得兩倍麻煩。

雖然看見假神殿，但我還是沒有這地方會出現生命之石相關的心理準備。應該說這裡居然沒有被公會探查到，果然是因爲礦脈裡面亂七八糟的東西太多嗎？

想想也是，如果不是被隔絕，流越的定位怎會到這地方才有進一步反應。

所以這條路的盡頭有米納斯的本體線索，有生命之石的痕跡，還有千年前被凡斯歸類爲不

ＯＫ的黑色存在。

大團圓呢。

——什麼地獄通道啊靠！

我莫名其妙就想到一句「買保險了嗎」。

西穆德把盒子收起來，光線指出位置後很快又消失。

人生至此，進退都死。

血靈和哈維恩一個走在我前方一個走後面，護衛般把我包夾好，極小心地在蟲路中移動，不時出手清理四周噴出來的小蟲子，不過一直到走完全程都沒有出現巨型魔獸，還算順利。

越是臨近出口，我越可感受到彼端源源不絕的黑色力量，那是種失序亂竄、幾乎無人控制的晦暗氣流。

走在後面的哈維恩顯然也察覺到這種失控氣息，抬手在我們三個身上加固各種守護術，之後快速地讀取了一小段擦過我們身邊的怪異黑暗。「這……沒有任何主人，只是很普通的黑色力量。」

夜妖精的聲音有點困惑。

已知這裡面有個凡斯都覺得不安全的黑色存在，然後連我也可以感覺到一堆黑暗，現在這種力量亂飆，結果導讀出來是像空氣一樣的散亂能量？

別說哈維恩，連我都知道不可能。

前方的西穆德發出細響讓我們停下，接著抛出小光球，幾顆彈珠大的光球滾了一段路後瞬間照亮通道盡頭的東西。

與此同時，一種奇異、近似野獸的悶悶吼叫傳來，好幾個腦袋直接撞在術法壁上，頑強的精靈術法直接把那幾個腦袋反彈到開花。

數不盡的喪屍大軍出現在我們面前。

這是一座山體中的深谷，深色的耶莫桑朵與喪屍一樣隨處可見，因爲精靈禁制，喪屍滿滿的腐朽氣味與扭曲的力量被封鎖在裡面，四處亂飄的只有那種看似無害的黑色氣流……不對。

哈維恩往前探查精靈術，發現上面有好幾個圖紋損壞了，黑色氣流就是從這些破損的位置竄出。雖然這種氣流對我們沒有影響，但如果與一些心懷不軌的生物結合，例如盜賊、通緝犯和魔獸，會加速他們黑化，眨眼間輕而易舉便扭曲成鬼族。

出現了光源和活物後封鎖線裡的喪屍全都亢奮起來，瘋狂地往我們的方向衝撞，還眞的有幾個原本就搖搖欲墜的符文加深了裂痕。

我連忙掏出一堆白色術法的靈符和水晶交給哈維恩，兩人勉勉強強一起補強幾個看起來很不妙的位置。

這裡應該就是流越術法回傳的地方。

「上面。」哈維恩觀察一會兒指出東側靠近頂端的牆面，那裡有個很不起眼的錯落，有點類似我們剛剛走的妖精通道。然而那位置離我們很遠，得要經過喪屍之路好一段距離。

「弄一個出來看看。」血靈與哈維恩不知道用什麼手段處理精靈術法，總之哈維恩捏碎一堆水晶之後飛快拽出一隻距離我們最近的喪屍，瞬間形成的裂縫秒閉合回去，彈開後面想跟出來的喪屍。

西穆德一腳踩住這具有點乾枯的喪屍脖子，扭開對方一直想咬過來的下巴，長刀一揮削開沒有生機的腦殼與半個大腦。

沒有傳說中的喪屍晶核，腐爛成一團的腦袋裡密密麻麻纏繞細小的蟲子，隱約還可看到一點一點、很像蟲卵的東西。

不是我在說，這礦坑從下來之後到處都充滿一堆噁心人視覺的玩意。

哈維恩彈出火焰，直接把兩片腦袋連同小蟲子燒個乾淨，但喪屍居然還在活動，沒影視作品那種砍掉頭就掛掉的慣例，最後是燒掉整具喪屍才眞正把它「弄死」。

「寄居在神經裡面，只能整體毀掉。」血靈弄乾淨長刀才收回鞘。

「這也是魔獸嗎？」我看向明顯經由傳染發展出來的喪屍大軍。

「不是。」魔龍否認的聲音傳來，「不知道是哪搞來的垃圾玩意。」

「清除要花點時間，這裡的精靈術還可以支撐一段時日，可以找到流越後再處理。」哈維恩並不建議我們在這裡耗費精力。

「有地方上去嗎？」沒看到可以攀爬的地方，該不會要踩腦袋吧。

「裡面應該可用浮空類的靈符或術法。」夜妖精觀察整個大陣後給了答案。

這個禁制陣也是只進不出，不過沒有防正常的生物。確定要走上路後，西穆德打前鋒直接進入，貓一般踩了幾顆腦袋後翻身上壁，幾乎瞬間就爬到隱蔽的門邊。推開之後先是幾隻喪屍撲出來，血靈直接躲開撲擊，撲空的喪屍垂直掉落，成爲喪屍海的一員，確認完全淨空後，西穆德才對我們招手。

我和哈維恩立即跟著上到通道。

這條路沒有階梯，是一個很像溜滑梯的斜面，上面沾黏了一堆腐肉和黑血，看來有不少喪屍從這裡滾下去。

看多了詭異的冒險片，我對這種斜坡充滿懷疑。

「該不會喪屍都是從這裡滾下去的？上面是製造工廠？」感覺非常有可能啊！電影都這樣演的！

「您記得您的妖師能力是什麼吧。」哈維恩陰森森地開口。

「啊抱歉。」我咳了聲，趕緊閉腦。

爬在最上面的西穆德這時觸頂了，他推開上頭的石板，然後翻身跳上去固定它、點亮周遭，我和哈維恩距離約兩步，在光亮起的同時我們也摸上地面。

一道黑影從我們頭上飛過去，直接掉進斜坡，往下方喪屍窟滾去。

「看來是從這裡掉落。」把喪屍丟進去的西穆德轉頭又把見光撲過來的喪屍踢進坑。

我們爬上去的地方是個疑似設了陷阱的房間，兩側堆了一些金銀珠寶，格架上也都是閃亮亮的東西，上方懸掛著華麗的水晶燈，房間左右各有一條通道，喪屍是從左邊跑出來的，數量很少，被血靈丟進去兩隻之後就沒再跑出來。

遮掩斜坡的地面石板與地磚一模一樣，不過是活動式，只要有人踩上去就會翻過去，將入侵者送到剛剛喪屍的家。

陷阱另端的牆上鑲著一尊三人高的白石神像，女性、蛇尾，神情莊嚴卻帶有絲縷邪氣，手上捧著花鳥紋路的鏤空石球，球內飄浮一顆散發怪異力量的青金色物體。

有趣的是，以石像爲中心的兩百公分距離有設禁制，在裡面不能用任何術法。也就是說，如果想要觸碰石雕或拿取那顆球的人，必定都要踩上陷阱石板。

就在我們思考這個陷阱和石球的關聯時，左邊通道又跑來一隻喪屍，但動作有點奇怪，我示意另外兩人先不要動手，只看見喪屍搖搖晃晃地經過我們，目標居然是石像……應該說是那個有怪力量的石球，伸出手的喪屍果不其然一個踩空，瞬間滾了下去。

陷阱翻開時我聽到下面也傳來了聲響，可見是下方相應的那道門跟著機關打開，好讓喪屍可以順利一滾到底。

所以這陷阱到底是收集入侵者還是收集喪屍？

確認右邊沒有喪屍後，我們往左邊通道走，西穆德陸續在路上又砍掉三隻喪屍，讓哈維恩把屍體燒得一點都不剩後，通道就到底了。

連結通道的出口是一條長廊，這次不是幻影，是眞正的假神殿長廊。到現在還看不見眞面目的蜃投影的就是這座假神殿，但沒有幻影那麼明亮，反而是極爲陰暗破舊，四處都是斷垣殘壁，如果西穆德沒有一路釋放光源，其實裡頭得摸黑走。

奇怪的黑暗力量變得濃郁。

這次不用哈維恩讀取，我隱隱地從這股出現謎樣規律的氣流裡感受到……呼吸聲？

好像有個黑色的存在深埋在神殿地底沉睡，呼息同時釋放力量亂飄。沒有惡意，也沒有善意，沒打算控制，任其在歲月裡掙脫成為無主。

一旦那玩意清醒，很可能會立刻收回他這些亂飄的力量。

這東西和我們不同，不是黑色種族也不是妖魔，如果不是近期我們接觸過，很可能我也無法從這些帶著呼息的氣流裡察覺相似的力量。

我突然明白為什麼三王子和凡斯來過，卻把這東西繼續留在這裡的原因了——當時的他們無法處理，無論是成人或幼童姿態。

這裡藏著一具在沉睡的異靈。

※

哈維恩與西穆德大概沒想到走一趟喪屍路會升級變成打異靈。

不管是哪個種族，明顯都不是很想和異靈這東西打交道。

這感覺根本就像在新手村遇到魔王怪。

他們兩個雙雙看向我，我摸摸鼻子，試圖回憶來之前有沒有又開始不自覺詛咒什麼。

「先到處看看？」總覺得雖然有個威脅在地下，但給我一種「暫時不會醒來」的感覺，不曉得與三王子他們有沒有關係。

也許有，畢竟當年他們發現異靈後，不至於什麼都不做，所以這個異靈才會到現在還在這裡睡大覺。

等等，我突然發現我思考有誤。

最初第一次見到三王子他們時，我以爲他們說不要下去，但路線依然往下是發生必須下來的事，然而假神殿其實在最下面這裡，也就是說第一次的幻影是他們已經到達這處終點站，凡斯所謂不要下去，是指他們還沒到這裡就知道底下有什麼鬼了，所以才會再次強調不下去。

這就表示他們三個到達假神殿一路上都很有餘裕，甚至在假神殿裡還可以悠哉地探險，最後不知道對異靈做了什麼讓那玩意繼續持續沉睡至今。

由此可見，如果不弄醒異靈，有血靈、魔龍他們在，說不定周遭危險性沒有想像中大？

把這個想法告訴哈維恩，夜妖精思考了片刻，說道：「即使如此，那也是千年前的事情，途中不是發生幾處魔獸築巢嗎，畢竟這裡最靠近『下方』，長久浸染在這種氣息裡不會沒有問題，我們依然須慎防此處其他的變化。」

他說的沒錯。

想到下面大量的喪屍，我嘆了口氣。

不過那些蟲是什麼？

我在心裡詢問魔龍，既然這傢伙說是垃圾玩意，那很有可能他知道喪屍形成的原因。

「你應該可以猜到這裡在搞什麼吧。」魔龍沒有馬上回答我的問題，而是反問。

按照安地爾他們所說，假造神殿、還有生命之石，所以這地方除了想要重製那個生命之石以外，還有什麼原因才需要假神殿？上次青幽族復原生命之石可沒有建神殿。

所以他們蓋神殿的理由不全然是生命之石？

這座假神殿在三王子時代就已存在，所以比青幽族更早，加上曾位於妖精領地，說不定青幽族的復甦資料是從這裡流傳出去的？

「就像之前告訴你們的，生命之石的製作方式是奉獻生命，伏水等合作者貢獻己身性命，轉為生命能量，以此等極端手段來治癒當時的戰爭英雄，其概念與替身相同，多少人犧牲就轉而拯救多少人，是戰爭時代對於白色種族來說不得不爲之的殘酷方式。」魔龍頓了頓，繼續說道：「這種東西不是隨隨便便可以復刻，看看這地方一堆扭曲生物，恐怕當時復原目的也不純，最終又是個失敗的假玩意。那些蟲子就是廢石劣化粉碎之後的產物，某方面也是拯救屍體了啦，只是這玩意結合生物活性化之後會快樂地繁殖傳染。」

我覺得頭有點痛。

我們應該還沒被寄生蟲傳染吧？

「還沒，你們身上有保護術法，暫時不會被啃食。」魔龍補了句讓我覺得安慰的話：「而且你們不邪惡，那玩意不想吃。」

行吧，寄生蟲認證的不邪惡。

我把魔龍的話轉述給哈維恩他們，兩名黑色種族對於不邪惡的說法果然露出一種好像想嘲諷點什麼的表情。

邊聊邊說之間我們終於走到了擁有水池的大殿，這裡與幻境有六、七分相似，不同之處在於上面的鏤空球也被打破了，原本堆積的棺材散得到處都是，似乎在三王子他們離開後被其他來此地的人一具具搬開檢視，有的甚至被破壞成碎片。

稍微檢視了下，一些比較完好的棺材裡也不見原本該有的內容物，無法得知是屍體都被拖走或是有人將其另外裝殮。

「我認爲假神殿不是與生命之石無關，而是他們失敗多次後，想要複製伏水一族的製造流程，包括整個神殿。」哈維恩檢視了周圍的壁畫，這些壁畫與眞的神殿有些落差，但也敘述了神殿建成與一些抬棺、進行生命之石製作的過程。「不過也僅僅只是粗劣的仿製。」

不說建材差了一大截，顯然煉製的生命都不是自願，雖然壁畫看上去好像很神聖，但許多扭曲的人臉詭異地打破這種僞造的偉大氣氛。

隨著壁畫發展，僞造生命之石的人們匯集了生命，最後主持一切的祭司卻手指深淵，似乎是想把生命之石使用在……深淵？

我原本以爲是不是我對壁畫敘事理解錯誤，所以問了哈維恩與西穆德，但兩人和我有相同看法。

這裡的生命之石竟然是要獻給深淵的？

深埋在此處地底的並不是英雄，只有異靈。

他們是想復活異靈？

多想不開才會有這種決定？

刺耳的睡眠呼吸聲又隨著氣流傳來，挾帶那種無主的黑色力量波動，越來越讓人不舒服。

「這傢伙是我們黑色種族的嗎？」我指指壁畫上試圖搞活異靈的反社會祭司。

「從服飾特徵看來，並不是。」哈維恩否認：「腦殘白色種族。」

正當我們吐槽白色種族腦袋有病時，米納斯的身影突然飄出，若有所思地看了看地面，給我一個不太妙的表情。「我感覺到……」

「妳的身體或是相關事物在下面。」我悲痛地接下去。

「是。」米納斯點頭。

「西瑞快到了。」哈維恩突然開口：「流越也是，等嗎？」

「等。」

既然註定要下地獄，那就等人都到齊才有伴。

※

西瑞是第一個到達的。

吵吵鬧鬧地把整個神殿通道搞得都是聲音之後，約莫三分鐘，我們面前捲起一道陣法，流越隨後抵達。

我們稍微交換了幾句各自在通道裡發生的事，西瑞和我生命線斷連之後也被幻影騙到其他通道，遇到一些鬼族，之後就找到妖精們的階梯，因此倒是沒有像我們一樣碰到一堆狂化的魔獸。

聽見有魔獸巢穴，某殺手擺出一臉怨氣，並表示很想回頭去打魔獸，立刻就被我們制止。所有人把重點放到現在眼前這些不對勁的建築上。

「異靈。」羽族嘆了口氣，下了一模一樣的判斷，用術法快速把所有壁畫瀏覽過後，他無奈地說：「何等愚蠢，竟妄想與異靈合作，造成反噬。」

說著，他催動法杖，溫暖的微光從法杖釋出，慢慢地流淌到地面繞畫出法陣群，純白與百合白的色彩交織，逐漸將到處流竄的無主力量封鎖起來，不讓這種令人不安的氣流繼續往各處飄去。

「這是修補原先那位精靈設置的封印術法。」等白光全都沉入地面、似乎完成一個階段，流越才告訴我們：「幸好只被衝開一小處，否則沉睡的異靈應該早已甦醒。」

「異靈幹的嗎？」我問道。

「嗯，看來他極力想掙脫沉睡的困境。」羽族以杖底敲擊地面，一陣風掃開周圍各種亂七八糟的雜氣，整個假神殿裡的空氣突然清新許多，沒有先前那麼詭異壓抑了。「下方有一處古戰場遺跡，異靈葬於該處，不宜逗留太久。」

「拖拖拉拉的。」西瑞發揮極大的耐心，好不容易等到流越暫時完事後撇撇嘴：「趕快下去找到米納斯，順便搥死臭異靈。」

立刻搥死一隻異靈大概是不可能的，我看流越都沒很有把握地說要弄死，可見這隻異靈實力很強，說不定與孤島一直沒打死的那隻差不多。

「你可以將希克斯放出，讓他吸收這裡的碎石能量。」流越指指我的手環，誠懇地建議：「雖然不如完整的假石，但按照埋藏的屍骸數量，分量也不少。否則報給公會與各大種族後，就沒有機會私下吸取了。」

我連忙把小飛碟全拋出去，讓魔龍自行去找可能散布到各處的碎石。

「這裡要報給公會嗎？」我問完就發現根本白問，有異靈肯定會傳給各大勢力警戒。這麼多年都沒被發現，十之八九是因爲進來的人不是變成飼料就是變成鬼族或喪屍了吧。

「等希克斯把能用的都取完，畢竟這些力量也不適合曝光。」說著說著，流越突然好像開玩笑地說了句：「如果能把異靈就這樣吃掉就好了。」

「本尊才不想吃那種噁心的東西。」魔龍浮出來，語帶不爽。

「沒人吃過異靈嗎？」被這麼一講，我突然意識到這裡是異世界，什麼都可以互吞的地方，該不會眞的有人嘗試過吃異靈吧？

「通常吞噬異靈者會被異靈反侵蝕，成爲異靈的一部分。」哈維恩向我解釋：「早期有許多大妖魔試圖吞過，無一例外全都變成異靈。」

這東西還眞的沒天敵。

「畢竟不是正常的產物。」流越有些憂慮地搖頭：「我們先去看看米納斯小姐軀體的所在吧。」

雖然無法肉眼視物，然而在陌生土地上還是流越替大家帶路，順勢向我們解釋各種石刻記錄：「這裡確實是仿製伏水神殿，製作者很可能是當年近距離接觸過生命之石的製作，但並非其中一員，所以他無法理解生命之石眞正的製作方式與被寄望的心願。就此推測，可知應是參與人員非常親近的身邊人，或者曾帶有某種原因前來拜訪的種族首領。」

「這個很難追蹤了，畢竟伏水歷史過久，明面或私下拜訪者難以追查。」哈維恩對那些流出製作方法的人並不好奇。可能在夜妖精的想法裡，不管哪個種族都有智障，所以哪一族產出的都不意外。

我差不多也是這想法，反正時至今日，還不是也蹦出個青幽族，找源頭八成已經沒太大意義，人搞不好死得骨頭都不剩，更別說百分之九十九的機率找不到。

流越帶我們走過幾條長廊，下了兩層階梯，最後來到一扇巨大的石門前，這扇石門在伏水神殿裡沒有看過類似的，風格也不同，左右兩片門板全然漆黑，僅在上方的中央處刻出一個很像是五指爪捧著某種圓形物體的圖案。

……這動作是不是和那個喪屍集中溜滑梯上的蛇女像很相似？難道這是意指捧著生命之石嗎？這地方在假造生命之石，所以很有可能有這種含意。

邊這麼猜測的同時，我察覺到呼息氣流就是從這裡逸散出來。

西瑞在羽族點頭後一腳踹開這兩片門板，吃了一記非比尋常的重力踢擊後，石門發出沉重的聲響，硬生生把門踢出好大的進出口。

門後沒有階梯，也沒有地板，只有一望無際的黑，吞人般的黑暗深淵。

怦咚、怦咚——

沉沉的心跳聲，從深淵傳來。

第四話　心臟

四周一片寂靜。

我們幾人面面相覷，最後先有行動的還是西瑞。

某殺手呸了聲，一個起跑姿勢就想往深淵裡面跳，沒想到流越的法杖直接橫過去，把差點跳進去的傢伙擋下來。

「一起行動吧。」流越捻起手指，做了幾個手勢引動術法後，我們幾人周遭泛起螢火蟲般淡淡的光點，有點溫暖的米黃色繞著人上下悠哉飛舞。帶著一身光點，他隨意地往深淵一跳，輕飄飄地開始緩緩下落。

西瑞第二個蹦跳，我跟在他們後面，哈維恩與西穆德殿後。

下飄的感覺有點神奇，沒什麼失重感，但確實在緩慢往下，周遭的黑暗一度想要往我們身上纏繞，但都被光點驅走，隱約可看見沿路石壁上水石的色澤，還有些許正在蠕動的小蟲子，那種蟲與喪屍身上的有點像，但大了一圈，不知道是不是同品種。

即將抵達地面前，下方快一步散發同樣溫和的光芒，以我們爲中心四面八方地展開，暴露滿地各式骸骨，除了人形種族以外，還有看不出原樣的奇奇怪怪動物碎骨，有的大如巨象，有的比硬幣還小。

由此往最深處，就是呼吸聲傳來的地方。

「這些都是獻祭假生命之石的嗎。」我們沒有直接踩在這些無盡的骸骨上，光點帶著所有人飄在骨頭上幾公分處。

這些骨頭的種族太多，搞不好有上百種，又因爲上面有假神殿，所以輕易就能猜測這些骸骨前身的死亡原因。

「看起來是，死亡怨念很強烈。」西穆德用刀尖翻開幾具骸骨，一用力便戳開疏鬆的骨骼，「部分有明顯急速老化痕跡。」

「應該是前面那玩意吧。」西瑞往前跑了一段，指著遠遠一個黑色的方形物體。

本來以爲像異靈這種存在可能會被蓋個神廟，或者有什麼東西鎮壓之類的，但骸骨之路的盡頭沒有那些人造建築，只有個半人大小的漆黑立方體飄在空中，我們一靠近，周邊立刻張開好幾個黑色與白色陣法，我從上面明顯感覺出妖師特有的恐怖力量，白色那個就是精靈術法，是哪些人設下的完全不用猜。

方才在上方會合時，我詢問過流越，他也沒有看過三王子等人的幻影，似乎只有我和西瑞及西穆德在白霧的蜃幻境下看過。

直到現在，那種白霧再度從我們所有人腳下瀰漫而出。

流越突然偏了下頭，疑似往地底空間的另外一端感知或是看了眼。

還沒來得及問他怎麼回事，一道身影從我手邊擦過，依然是那個小小的三王子，後面還跟著有點無奈的凡斯與噙著一抹淡淡微笑的安地爾。

「這真是……」三王子微微瞪大眼睛。

隨著幻境鋪展，我們面前的景色被改變，黑色立方體不見了，取而代之的是個又深又大的坑，坑裡同樣堆了不少屍骨，其中有具敞開的石棺，棺裡盛滿細細碎碎、金色的不明發光物體，仔細一看都是指尖大的小花，躺在這種有點夢幻花海裡面的是名十七、八歲左右的少年。

不得不說，少年的臉長得很完美，是那種五官立體又深邃的帥氣，光是這樣躺著就給人高貴典雅感，還有一頭如同流金般的短髮。

如果不是從身上飄來異靈的力量感，看起來根本是某個種族的貴族或小王子。

「主神保佑，幸好在被貪慾蒙蔽的心靈下，仍有奮不顧身者以己身為封，不令異靈禍亂世界。」亞那瑟恩做了祈禱的手勢。

沉睡的少年身上飄著一團水藍色微光，即使是蜃的幻境，我也可以從那裡感覺到極為濃郁

的水氣。

凡斯動了動手指，一小點黑色力量彈去，看似什麼都沒有的虛空中猛然捲起狠戾的水氣，瞬間架出眾多畫著圖騰的水壁，將闖入者的試探吞噬殆盡。

我下意識摸了摸手環，裡面的米納斯震動著，那是屬於她的力量氣息。

「看來不是奮不顧身。」安地爾踢了踢腳邊一個水晶匣子，雖然已經破損，不過上面有重重的封印術法，曾經放在裡面的東西似乎令持有者忌憚。匣子旁有幾具比較不一樣的乾屍，都穿著奇異的祭司服。「應該是獻祭，沒想到這東西正氣太強，倒過來封鎖異靈意識，還設下防護，這些愚蠢的傢伙反被聰明誤。」

三王子往前小心走了幾步，伸出手，掌心貼到水壁上。

水壁沒有進一步攻擊，反而左右退開，替精靈開了條路。

隨著精靈低聲吟唱，水霧逐漸瀰漫，那團水藍色的東西漸漸退去遮蔽的光，顯露出裡面的物體。

一開始在上面聽見心跳聲時，我以為是異靈傳出的，直到現在水術法的隱蔽退散後，我們才發現原來心跳聲是從這裡而來。

千年前的亞那瑟恩三人，以及千年後的我們，幾乎同步般沉默地看著那顆泛著水藍色、正在規律跳動的心臟。

感受到清新的水氣，我才發現米納斯不知道什麼時候出現了，全神貫注地直直瞪著那顆很可能是屬於她本體的心臟。

「這……這位應該還活著。」三王子大概也被心臟嚇一跳，帶著些許詫異的神情看向凡斯：「我可以感覺到『她』仍有生機。」

「但是不知道出處，除了生機以外，其他力量與生命來源都被封鎖。」凡斯皺起眉，雖然這時代的黑白種族對立仍然嚴重，不過在面對異靈的立場上他們倒是一致。「雖然這位很可能是無意識的，但她正鎮壓著異靈，我們沒辦法現在取走。」

「想取也沒辦法吧。」安地爾看著又重新覆蓋心臟的藍光，說：「禁制還在，我們一動手，這東西就會帶著異靈自爆，到時本體才是真正的死亡。」

三王子沉思了半晌，在場只有他是白色種族，顯然對於心臟的去留感到很糾結，另外兩人則是一副無關緊要的模樣，雖然這位妖師祖先也很討厭異靈，不過他看上去並不在意白色種族的心臟會如何。

「得找到『她』的本體或族人才行。」三王子嘆了口氣，「在那之前，只能儘可能協助，令這部分不被異靈衝潰消散。」

接下來，便是三王子與凡斯開始著手加固封印，最後呈現出我們現在看見的黑白術法與黑色立方體的現況。

白霧與過去的身影們悄然散去。

我看向米納斯，她按著自己的胸口，深深地看著障眼法被流越揭開後出現的地坑石棺。

異靈依然在金花石棺裡沉睡，那團水藍色的微光飄浮在原位，不過箝制異靈的存在添增了三王子與凡斯留下的手筆，不但斷絕外界對幾種力量的探查，也讓入侵者無法再向前一步。

這大概就是異靈只能散出無歸屬力量的緣故，也可看出這個沉睡的異靈狡猾之處。恐怕他就算深眠也沒有放棄逃離，長年持續鑽漏洞，一點一滴地把自己的氣流送出去，將外界生物扭曲，累積著邪惡與黑暗，直到未來的某日攻破這些封鎖。

「那些亮亮的花是啥東西？」西瑞很快就對心臟沒興趣，目光落在石棺裡面的小花。千年過去，這些金色的小花仍維持不變，生命力意外強悍。

「金雨花，上個世界覆滅前，光族培育的花朵，在我那個年代已經滅絕，只剩相關傳聞。」流越開口解答：「如果沒有猜錯，這異靈從一開始就被封印在地下，不是近千年的事，很可能是從遠古開始，當時還有些舊世界種族留下的植物，金雨花就是其一，擁有光明之力，搭配一些相關術法用來鎮鎖邪祟效果極佳，是新世界初始會使用到的施術手法。」

所以是這樣的流程：這個異靈一開始就被逮了，封印之後埋在這裡，多年後不知道哪個智障挖到異靈意圖把他搞活，所以想把假生命之石用在復甦異靈上，不過在搞活之前又不知道哪個天兵靈感一來、獻祭了生命力強的心臟，結果被反封印，祭司當場掰掰。多年後又遇到三王子等人，進一步加固整個封印，還把礦坑各處都上了術法做保險，以至於到現在異靈還在被迫昏睡，只能外洩力量扭曲一些貪心的冒險者或倒楣的魔獸。

不得不說，這異靈掙扎之路有夠漫長，也有夠小強。

「不過記錄上並沒有出現過這異靈的存在。」哈維恩有點不太理解，「既然那位三王子發現了，精靈族應該會有記錄，但現今可調閱的內部歷史與記載，從未有過與這處異靈相關。」

「嗯，這相當奇怪……」流越說著，又往剛剛那個空間處轉了下腦袋，似乎有什麼吸引他的注意力。

「囉哩叭唆，拿不拿？」魔龍猛地出現，身邊飄著全都吃飽的小飛碟，看來假神殿的掃蕩收穫豐富。

「先不要。」意外地，開口的是米納斯。她柔柔地看著大家，「既然要通知公會，那麼等公會與其他種族提出取代方案後，再取。」

她的意思很清楚，與其現在冒著把異靈弄醒的風險拿心臟，不如等到萬無一失再拿。

「我的身體都還不知道在哪裡呢。」女性溫柔地露出安撫微笑，「先寄存在這裡吧，我認爲有這麼多輔助法術，短期內並無危險，我們等得起。」

這句話把大家都含括進去了，既然心臟的主人都這麼說，魔龍也只能哼哼幾聲，罵咧咧地把小飛碟收回去。

「米納斯閣下的建議很好，我也認爲不可立即拿取。」流越輕輕晃了晃法杖：「聚集在異靈身邊的幾種力量異常強大且彼此制衡，雖然我與希克斯有把握可用祭司權杖取代心臟的位置，然而破解時多少會傷損到，以及異靈詭譎難測，即使沉睡著但他靈魂仍然清醒，極有可能在對換的瞬間發生意外。」

重點應該就在於變動的瞬間這個靠杯的異靈會作祟吧，所以還是等公會和更多擁有強大力量的種族過來後，才可以攜手鎮壓並同時無傷取出心臟。

這確實只是時間問題，米納斯等得起，我們還有什麼不能等的呢。

現在最大的問題點在於——

到底是哪個混帳東西把米納斯本體的心臟挖出來！

最好不要讓恁杯遇到，不然我絕對會詛咒他這輩子每分每秒走路跌倒，死於化糞池溺斃！

「這樣有辦法定位本體嗎？」在心裡對凶手怒罵一頓之後，我轉頭詢問流越。

「心臟的話無法，畢竟有精靈與妖師聯手設下的禁制。但我們一開始追蹤的基礎並非心臟，而是靈魂媒介，所以對追蹤並無影響。」流越很友善地回覆。

……對吼，我們一開始就不是用心臟在追本體，我北七了。

米納斯輕笑了聲，摸摸我的腦袋，開口：「不急，只是時候的早晚，謝謝你們陪我來尋找。」柔軟的語氣與感謝的視線一一環顧在場所有人。

被目光觸及的西瑞嘖了聲，有點不太好意思般大聲回道：「謝啥謝，你是大爺僕人的僕人，就算大爺的小滴……小妹，該罩的時候大爺就會罩妳。」

你是差點脫口而出小弟對吧。

無言地看著某殺手，我認真思考他還記不記得米納斯本體年齡恐怕都可以當他幾代的祖先，竟然還想要叫人小妹！

關於小妹的稱呼，米納斯沒特別在意，淡然一笑就帶過去。

「我將此處再度加固吧，確保公會到達前能安然無事。」流越說著，讓所有人往後撤。

不知道爲什麼，我隱約察覺流越好像對這裡的某處很在意，所以才打算把已有精靈和妖師術法的異靈繼續N度鎮壓。

也有可能只是我多想。

「我先去各處看看，在公會到達前儘可能多收集物資。」哈維恩見流越在場，大家的安全有保障，加上一路過來清楚知道三王子當時設下了不少保護措施，他就動了念頭要搜刮礦坑，畢竟公會接手之後我們就不太可能對這地方繼續上下其手了，最多就是未來來收回米納斯的心臟。

「西穆德和你一起去吧。」我看了看好像打算留下來的血靈，想想直接招來小飛碟，讓他們倆各拿兩架，這樣魔龍偵查到那些魔獸時也可以第一時間吃乾抹淨。「我在假神殿隨便看看，魔龍和米納斯都在，那些喪屍沒什麼問題。」

「大爺也去逛逛，這裡好像還有很多好玩的東西。」西瑞同樣蠢蠢欲動，整個掛記著那些魔物坑。

「那麼你們帶一些我凝結的術法球防身吧，如果遇到過於污穢的存在，也可調動存於其內的火焰或相似的破壞力量銷毀。」流越見大家都打算趕在公會來之前繞繞礦坑，立即給出一大袋有著各式各樣色光的小圓球，每顆力量感都極強，還有不同程度的術法貯存其中，很像進階版的高級靈符，但威力恐怕強上不知道幾倍。

原本要找流越去燒喪屍的，現在看來可以直接一個寶貝球丟出去讓它們集體毀滅。

哈維恩代表接過，立即按照各人的打架習慣把亮晶晶的球球分發完，連囉囉嗦嗦嫌棄這些東西的西瑞都被塞好幾顆，流越又重新幫大家設好追蹤術法，這次確保不會被礦脈裡的禁制影響後，他才重新布上來時那些小光點，讓大家可以開始向上飄。

一回到假神殿內，其他人便各自去做各自的事情。

魔龍與米納斯照例回到手環裡，不過還是有一搭、沒一搭地在腦袋聊天室和我講幾句。

哈維恩離開之前已經把假神殿的照明都點起來，所以除了沒人煙，殿內倒是非常明亮，扣掉偶爾會聽到好像喪屍走路的回音以外，完全不陰森了。

惦記著滿坑滿谷的喪屍，我再度回到了那間陷阱房。

重回怪異的蛇尾石像前，我打開那個陷阱蓋，下面傳來一陣聲響，接著是一堆喪屍的嚎叫。

根據魔龍的指示，從流越那幾顆術法球裡挑出一顆明顯是火焰系的火色發光球，沒想太多就直接把球順著坡道滾下去。

認眞地說，我本來腦袋預計的是下面會捲起一陣火海，然後慢慢把滿坑滿谷的喪屍燒掉……可能也無法全都燒完，大概要追加幾次才行。

所以兩秒後，一陣轟然巨響傳來並挾帶著從坡道下朝我正面噴出的恐怖火柱出現時，我差點沒閃過暴衝的火勢，幾根頭髮還可疑地傳出燒焦味。

連滾帶爬地衝出術法禁制區，米納斯立刻在我們面前布下水牆，還捲了個沉重的器物往掀開的陷阱板一甩，被撞回去的石板才把火柱壓進坡道裡，不過衰小的捧球石像已經整個焦黑，設禁制的人可能沒想過會有人在石像前面放火，那顆青金色的東西都被燒紅了，高溫下急速融解的材質不明物體從底部開始扁掉，變成膏膏的流體從鏤空處淌出。

室內仍殘留著高溫，我看水牆的另外一邊還在冒水蒸汽，於是決定暫時在外面逃避現實。

這不是防身！

流越對防身的概念是哪裡有問題！

這是把對方直接毀滅！

難道是傳說中進攻就是最好的防守嗎？

我隱隱聽到地底彼端好像有什麼塌掉的聲音，完全不敢去想那顆火球還幹了什麼。不過可以確定的是，下面那窟喪屍應該是死透了，算是實現了剛剛一顆球送他們上西天的想法。

看著手上剩餘幾顆五顏六色的光球，我戰戰兢兢地收好，以免把自己炸飛。

「你還是一樣有趣。」

「靠！」

我整個人從地上彈起，直接往身後突然冒出的聲音甩槍。

不知從哪個地獄復活的安地爾微微一側頭，帶著欠揍的微笑避開子彈，還順便彈出銀針與迴轉的子彈同歸於盡。

秒把槍轉爲二段，我再度瞄準對方時，發現周邊結界已經被布好布滿，魔龍和米納斯的聲音竟然一點都聽不見。

「我還想又是什麼找死的東西觸動禁制，沒想到是熟人。」安地爾完全沒把槍口放在眼裡，好像最後一次我們見面是什麼愉快的場合、今天來友善敘敘舊之類的，一派優雅地靠在壁畫邊，「原來如此，是『她』的啊。」

「……」雖然很想讓他的腦子爆漿，但我覺得打不中。

「你不好奇這裡發生過什麼事嗎。」安地爾挑眉，轉動指尖的長針。

「南無阿彌陀佛南無阿彌陀佛南無阿彌陀佛南無阿彌陀佛南無阿彌陀佛——」我決定用魔法攻擊魔法。

「……？」某鬼王高手沉默了兩秒，可能覺得我們兩個的對峙畫面足夠智障，很快放棄裝神弄鬼。「雖然對『心臟』有點興趣，不過我今天的目的不是那東西。」

盯著萬年不懷好意的鬼東西，我繼續奉送自動佛經。

安地爾居然還很有閒情逸致地笑了笑，「做個交易如何？」

「不，謝謝。」秒拒。

「眞不要？」

「NO！慢走不送。」雖然知道他可能眞的會拿出什麼有用的東西，但是跟這傢伙做交易更致命！

「找個時間讓亞那的孩子出來，這個可以給你們，我想在大戰之前，應該會有人需要。」安地爾取出一個小瓶子，裡面有滴像是液體的東西緩緩浮動。

「咦？」我愣了下，沒想到對方竟然會在這種時候拿出疑似銀滴的東西。「所以醫療班那個不是你？」

「嗯？你們近期內接觸過？」安地爾有點意外地反問。

那在醫療班時幫學長他們用了銀滴的人到底是誰？

我本來想說如果眞的想不到誰，那有萬分之一的微渺可能性是眼前這個賤拔辣良心發現，現在看起來果然不該胡思亂想。

安地爾的意外眨眼即逝，他似乎在那秒就意識到使用銀滴的人，緩緩露出個非常奇特的笑容。「有意思，我還以為他們眞的不會出手，原來……呵。」說著，他把裝有銀滴的瓶子收起來。

「是誰？」我把有可能的人想了一圈，還是沒有人選。

「你可以往大膽的方向猜啊凡斯的後人，答案還頗有趣。」

安地爾給了我一個超詭異的反應。

答案很有趣是什麼意思？

使用銀滴的人難道很出乎意料嗎？

已知我周遭認識的人沒有銀滴，精靈與炎狼上次也都否認，黑王那個方向沒有……不可能是重柳族吧？

是就很可怕了。

我嘗試把我的答案丟出去，結果混帳傢伙完全沒有要給我解答的打算，只是用那種神經病一樣的詭笑看了我一眼，接著回了我一句完全不相干的話——

「褚冥漾，你認爲這個世界如何？」

「……你要改信教了嗎？」我狐疑地看著謎之反派，試圖理解他爲什麼要丟出這種好像心靈談話的開頭。

該不會是上次遞刀的打擊讓他改變身心了？

安地爾當然沒有回答我的垃圾問句，而是用一種好像透過我在看別人的眼神，深深盯了我一會兒，才慢慢地笑說：「如果有一天你必須要付出巨大的代價保下這個世界，你覺得你想把這世界留下的理由會是什麼？」

啊這題我會。

「當然是我的家人朋友。」不知道爲什麼這人今天突然跑來問一些有的沒有的，我也跟著慢慢嚴肅起來，他這反應很像快要憂鬱症了，不過鬼族有這種東西嗎。「這世界雖然有一部分很爛，例如有你這種爛人、有裂川王八那種爛事，但我還有很多親人朋友，我不希望她爆炸。」

「呵……果然是毫無新意的答案。」安地爾發出感嘆。

「有病快去吃藥。」

我才剛罵完，一個黑色的東西直接朝我飛過來，我下意識一把接住，發現是一小塊黑黑的東西，並且有點眼熟。

「？」

——非常像白陵然陰險詛咒我找的那種黑色小碎片。

「你們繼續掙扎吧，不得不說你們這些生物在掙扎的模樣，一直都很有意思。」安地爾把小碎片丟給我之後，好整以暇地往旁彈出黑針。

帶毒的長針與法杖揮來的術法碰撞，原本將我們兩人封鎖隔離的結界被破了，不知何時到來的流越站到我面前，同時被解鎖的水流與小飛碟將我們重重環繞起來。

「既然剛剛你沒有打算出手，爲什麼不安靜離開？」流越的公頻道傳來問句。

剛剛？

我突然想起在異靈那邊時，流越一度很在意某個方向。

所以那時候他在看的是潛藏的安地爾？

靠喔這傢伙到底來多久了！

「當然是找褚同學敘敘舊，我們交情可深了。」安地爾面露興味地往我瞟一眼。

「滾！」誰跟你有個鬼交情！

「上次你失戀時還是我帶你去大吃大喝。」某鬼族用一種我又在始亂終棄的語氣說話。

一盆髒水突然往我身上潑過來，我過度震驚以至於沒有第一時間反駁。

「……？」流越緩緩對我們兩個打了個問號。

「不不不事情不是那樣！」我猛地回神，立刻朝流越喊：「不要相信這種幹話！我沒有失戀！」啊不對重點不是這個靠杯！

「生死戀。」安地爾竟然還附註。

「你吃到有毒的東西精神錯亂了吧！快滾好嗎！」是怎樣！要當三流記者了是不是！開始捏造假新聞是想幹嘛！

安地爾聳聳肩，竟然眞的走了。

我轉向流越，因爲沒辦法看見對方的表情，我怕他想歪，連忙解釋兩句：「我沒有失戀、也沒有生死戀，只是在一個不太好的狀況下吃了點那傢伙的東西。」

流越都還沒開口，一旁突然傳來動靜。

不知道什麼時候趕過來的哈維恩用一種難以形容的表情看著我。

「您戀愛約會吃東西了？什麼時候？」

……

馬的！我也想知道什麼時候！

不實報導害我終身！

※

因爲異靈與安地爾前後出現，導致公會接手礦脈的速度極快。

幸好在公會來之前魔龍已經把那些假生命之石的碎片掃蕩一空，不過其他人在探索假神殿時，發現喪屍坑不只一個，竟然還有兩、三個這種規模的喪屍巢穴，而且它們生前的穿著並非全是冒險者，反而有的像是普通村民，以及牆上壁畫那種祭司服。

這就表示了數量驚人的喪屍群裡包含被抓來獻祭生命之石的普通種族，與當初想利用假神殿製作生命之石的那群智障。

我想想，覺得很可能是一起實驗室爆炸導致集體被失敗的生命之石變喪屍的事故，就不知道是人爲還是業力回彈。

「褚。」

聽到熟悉的聲音時我反射性抖了下，接著才想起我好像沒幹什麼……應該沒？把一個喪屍窟燒垮不算吧？

「學長。」回過頭，果然看見某過勞死的黑袍穿著公會袍服，一臉無縫銜接開工的模樣走過來。「你居然可以從醫療班出來了！」

「嗯，比起已經上黑名單的你，確實。」學長冷笑了聲。

「……」不要提醒讓我好好地逃避現實不行嗎。

「心臟怎辦？」西瑞從後面搭住我的肩膀，歪頭看向四處忙碌走來走去的公會人員。

「交涉好了，等確定可以安全無損移出後，就會交回給米納斯。」學長往不遠處看了眼，那邊有個氣勢很強的黑袍正在對幾個後勤人員下指令，是這次礦脈和假神殿的負責人。

嗯，同時也是上次被我們幹走生命之石的苦主。

因爲心虛和毛骨悚然，我完全不敢和那位對視，幸好溝通的代表是流越，後來學長居中協調，完全不用我們其他人。

學長也知道這邊有一堆盜走生命之石的嫌疑犯，讓我們離黑袍負責人遠遠的不要過去暴露找打。

「對了，學長這裡很多三王子的……」

「我知道。」

正想提醒學長三王子來過，他打斷我的話，點點頭，「所以我才會來，公會只要發現我父親留下的痕跡，通常會直接通知我。」

原來如此，我還以爲學長是單純跑來逮我們。

「並不是，除了人道因素，通常設置的術法結界或封印禁制很大機率可以由傳承血親解開。」學長冷漠地對我吐槽。

看來是工具後代。

「你們要直接去找黑王嗎？」流越和哈維恩走過來。他知道黑王在找我們，如果不是臨時跑來找米納斯的下落，我們原本應該要先去黑王那邊。

「你們先去吧，夏碎應該已經到了。」學長看了看周遭的假神殿，「我還必須在這裡待一會兒。」

在這麼多人面前當然沒辦法直接跑去獄界，我們必須先用公會設下的臨時站點傳離這片區域，然後繞回學院那邊，再轉去用獄界的通道，轉站麻煩了點，還要花時間，而且中途得再接個阿斯利安上車。

所以現在出發也差不多。

既然這裡被公會接管，我們也沒辦法繼續在裡頭搞事，於是大致整頓過後便直接離開。

流越的動作非常快，好像他完全知道該怎麼通行獄界似地毫無遲疑，不說的話還以爲他和黑王是熟人。

經過幾個轉點，我們拎上阿斯利安便直赴獄界。

到達傳送點時遠遠已看見萊斯利亞正在等著我們，對於新客人的來訪他僅僅掃了眼，不太意外、也不好奇的樣子。

「你可以嗎？」我看了看阿斯利安，有點擔心他不適應。雖然不知道鬼王找他做什麼，但我隱隱覺得應該是他最近接二連三的衰小事，還有被異靈盯上的問題。

「沒事，流越有給我幾個守護。」阿斯利安點點頭，他手上掛著剛脫下來的黑袍。我們抓他時他顯然剛從公會回來，衣服還是在傳送術法裡邊說話邊脫的，到站正好順手收起來。

「古地圖的事情公會有什麼反應嗎？」跟在萊斯利亞後頭，我踏上熟悉的路，隨口問道。

「公會那邊確實知道，情報班目前已經派出去近八成人員，後勤部也在與各種族溝通，儘可能讓沒有合作或聯盟的種族架立臨時同盟，好迅速反堵這些攻擊點。」阿斯利安低聲告訴我們回公會後得到的情報。因為事關各種族，且須要種族們警戒，公會並沒有要求保密，反而可以透露。「黑暗同盟和異靈等邪惡勢力正在各地開敞鬼門，挖掘古代遺跡、古戰場與尋找被藏匿或被封印的異靈等事物。」

「像本大爺老家那種嗎。」西瑞摸摸下巴，露出不懷好意的笑。「也就是說，本大爺按照古地圖跑一圈，弄死那堆東西就可以稱霸世界？」

「不，不可以。」我打斷某傢伙越來越膨脹的妄想。

這次過來獄界很明顯可以察覺出獄界的居民情緒浮動許多，不曉得是不是異靈頻頻出世和那些邪惡鄰居卯起來開鬼門屠戮生命的影響，連不戰區的居民們都隱隱帶著一點戾氣，氣氛相當陰沉，但依舊保持黑王領地該有的安全穩定。

「眞是驚人。」流越看著附近路過的居民，對於鬼王領地的人們如此安居樂業有些驚訝。

「但……施術者應該很傷損。」

「我們一直很小心，盡量不讓吾主進行不必要的消耗。」萊斯利亞回應流越的感想。「這是所有想活下去的人都該負有的責任。」

「確實，維持『心』最終還是必須靠己身。」大祭司感嘆。「可仍舊使人敬佩。」

萊斯利亞頷首作爲回應。

最後我們被帶到大會議室裡。

一踏進門就看見先到一步的夏碎學長，他看起來精神滿好的，銀滴的影響應該已經全都處理完畢，現在他手邊正在翻閱一本厚重的羊皮書，年代似乎相當久遠。

羊皮書泛著一股黑色氣息，是鬼王這邊收藏的古老書籍之一，我們之前來獄界上課時也常常在這邊的圖書館借書，哈維恩很喜歡那些白色世界沒有的珍藏，可惜不能帶出獄界，只能一字一句慢慢抄錄或是用術法刻印。

看見我們，夏碎學長微笑著打過招呼，招手讓我們也過去看羊皮書。

走過去看見書上的第一眼，是個眼熟圖騰——

細長的五爪捧著圓形物體。

第五話　墮神族的情報

「……假神殿？」

我看著圖騰，秒想到通往異靈的大門。

夏碎點點頭，邊讓大家坐下，邊說道：「黑王這邊千年前曾在荒野抓捕過一個鬼族，從對方口中得知假造的生命之石，然而那個鬼族意識混亂，只記得些許事蹟，神殿位置遺忘而無法追查，沒多久就自爆了。」

羊皮上記錄的差不多就是這樣，鬼族的身分居然就是逃出的製作者之一，但是他逃出來時已經半鬼族化，之後迷失在礦坑山脈裡，幸虧他運氣好沒有被蟲子寄生，不然就會變成山裡遊蕩的喪屍。

雖然記錄不完全，不過根據我們在假神殿裡看到的各種事物和壁畫敘事，基本上已經可以完整拼湊出事實。

就和我們猜想的那些差不多。

雷雨部族離開後，礦坑一度封起，後來有其他妖精前來接手，然而他們深挖之後發現疑似有水精之石，見獵心喜地挖開深淵，赫然發現裡面躺著被古老封印封住的異靈，當下把妖精族嚇得立刻落跑，整條礦脈再度封印廢棄。

接著，與青幽族類似的某個種族，或者說某個團體到來，他們持有同樣的生命之石復甦計畫，避開其他種族深入水系礦脈，打算按照過去伏水神殿製作生命之石的流程進行，包括完整複製整座神殿與生命之石的製作場所，隨即他們也發現沉睡的異靈。

這個團體不知道哪根筋不對，他們竟想復活並控制異靈，同時他們手上有個「充滿力量的活器」，也就是米納斯的心臟，打算獻給異靈為食，然後利用心臟上強大的正氣壓制異靈天生的邪惡，並把無法反抗的異靈製作成傀儡，後面的事我們也知道了，異靈直接被反封印，陷入更深的沉睡導致計畫悲劇。

那個團體也沒辦法了，只好繼續復甦生命之石，並打算獻祭生命之石給異靈，讓這股充沛的生命力量衝擊異靈，使其甦醒復活。

當時他們以為生命之石會成功，畢竟真的複製出充滿能量的黑色之石了——雖然看起來怪怪的，不過其上附著的強大力量騙不了人。

團體歡樂慶祝時，那些被抓來餵養生命之石的「獵物們」趁隙反抗，直接抱著生命之石同歸於盡，黑色生命之石被炸個粉碎，碎開的大量碎片落在地上後吸食獵物們的肉塊、肉泥直接變爲許許多多的小蟲子。

我本來以爲喪屍裡面快速增加的那些蟲是繁殖來的，沒想到其實是分裂，這些蟲一吃飽就把自己斷成兩截，然後各自復原成一整條蟲，眨眼滿地肉泥上全是寄生蟲，這些蟲鑽到人體之後分裂得更迅速，沒多久就把活著的生物直接吸成了喪屍，以可怕的速度擴大數量。

這個逃出者當場被嚇瘋，又因爲他們長期接觸異靈的黑色力量，在掙扎逃跑時開始扭曲成爲鬼族，產生的毒素飄蕩在礦坑裡，設置的巡衛多少也沾染到這些毒素，埋下了之後同樣扭曲成鬼族的種子。

「是智障嗎？」

西瑞聽完解說之後，發出了我內心的感覺。

「可能這些人的腦袋都不太好吧。」青幽族也是，喪屍巢穴也是。我很深沉地覺得生命之石復甦計畫的策劃者們腦子超有問題，不知道是不是反社會人格，把這種缺陷很大的東西交給後人，也不曉得是不是同一個團體，或同一個人。

是嫌接手的人壽命太長，搞個炸彈讓他們提早業障爆發嗎？

這個要是我祖先，我立刻把他的棺材挖出來拋屍太平洋，讓他和他的野心跟著洋流去更開闊的地方。

「比較驚人的是他們甚至想要操控異靈。」阿斯利安也露出匪夷所思的表情，彷彿看見腦殘。「千萬年來，從來沒有過異靈能被控制的說法，如果可行，神聖種族或光明種族早就被挖心挖到滅族了。」

「說到喪屍……」坐在一邊接過西瑞遞來的洋芋片，流越突然發出聲音。「其實分散後我捕捉了一具，解析時發現它們的腦部雖然被寄生了大量細蟲，但依舊有生機。」

「……活的？」我有點呆滯。

所以那些喪屍其實腦袋還活著？

「腦部反應異常，被寄生之後恐怕還有意識，或許是假造的生命之石微小的作用，但軀體與部分腦組織被蟲子控制啃食，無法自主，現在能見的全都已經瘋了。」流越說出超可怕的結論。

如果瘋掉的只有那些研究人員和神經病的祭司就算了，那是他們的報應——但裡面還有冒險者與被抓捕要獻祭的受害者，而且數量不少，他們就這樣帶著自己的意識被寄生蟲當作食物吃食，在暗不見日的地底下成了無法控制自己的喪屍直到活活瘋掉。

還不如當時就死了。

光想就覺得異常絕望。

可以排上十大淒慘死法前三了。

在場的幾個人紛紛低頭幫悲慘的死者與還活著的喪屍祝禱。

比較安慰的是公會得知這件事後，保證一一檢查過那些喪屍就會全部原地銷毀，也會封鎖礦脈周遭土地進行徹查，不讓這種寄生蟲外流。

這時就不得不說三王子等人當年布下的陷阱佔了很大一份功勞，除了攔阻鬼族以外，也封鎖了礦坑，所以這些寄生蟲的活動範圍只在假神殿周遭，以幾個喪屍巢穴爲主。最多就是一些接觸到喪屍或是寄生蟲的冒險者才會被寄生，然後被陷阱引誘進入喪屍坑裡。

但還是太慘了。

眞的太慘。

見一室安靜，流越拆零食的手突然頓了下。

「……啊，諸如此事是不是不要告知會比較好？」似乎後知後覺想起這件事情，大祭司說道：「在島上因朝不保夕，已經習慣與其他人平淡看待很多事物，倒忘了許多事攤開後會令人不舒服。」

「不，還是請您儘可能告知比較好。」夏碎學長溫和地微笑。「這確實是必須知道的。」

我大概知道流越頓了下的原因，他可能意識到喪屍腦子還活著發瘋的事已不可逆，講出來只會讓大家心理不適，不如不講，讓那些能力高強的人去煩惱就好了。

不過也如同夏碎學長所說，還是會想知道，就算沒辦法也一樣。

流越乖乖地點頭，繼續拆開洋芋片包裝。

所以說，爲什麼都要隨意餵食啊！

我看向提供零食的西瑞，後者正在咬一塊超級大的肉乾。

「記錄裡有提到蜃妖嗎？」站在一旁的哈維恩突然提出被我遺忘的東西。

對吼，那隻根本沒看到本體的蜃又是什麼鬼？爲啥會讓我們看見三王子等人的幻影？是刻意想把我們引到假神殿嗎？

「沒有。」夏碎學長搖頭，羊皮書裡面完全沒有與蜃相關的字語，看來當年提供情報的鬼族逃離時，那隻蜃還沒出現在假神殿裡。

羊皮書上關於假神殿的消息大概就這些了，其他的就等學長回來時才能問看看。

話說回來，如果連假神殿的假生命碎石都算上的話，其實我們已經從負責本案的黑袍手裡幹走兩次目標物了，希望他這輩子都不要知道事實，否則我大概眞的要捲包袱跑路。

正在心情複雜之際，會議室外走進高大身影，看清楚對方模樣的那瞬間，我立刻站起來警戒，一邊正在吃東西的西瑞也跟著跳起來，滿臉有架要打的興奮感。

我是眞的沒有預料到會在這裡看見這傢伙。

——墮神族首領。

與上次他們復活時的模樣不同，墮神族首領這段時間顯然已好好打理過，外表看似徹底復活、非常有精神且極具壓迫感，穿著一襲深黑色服飾，完完全全就是個正常首領該有的模樣了。

之前他好像有事要找我，然而被我無視，加上後來又連串發生一堆亂七八糟的狀況，還以爲他去找白陵然了，沒想到回頭就在鬼王這邊碰見。

「你們的組合依舊很奇特。」墮神族首領沒了前次要毀天滅地的銳氣，現在看上去正常理智，帶著原本就有的王者氣勢環顧我們幾人，看向夏碎學長時出現一縷毫不遮掩的殺意，旁側的阿斯利安立刻擋在他身前，不過幾人沒有動手；最後視線停在流越身上，然後用我聽不懂的語言說了一句不知道什麼意思的話。

流越猛地起身。

「那也是許久之前的事。」墮神族首領抬起手，做了一個手掌朝下的動作。

我看得一頭霧水。

這時候一邊的哈維恩側過身，很小聲地告訴我：「他剛剛對大祭司說『山神的眷屬見過阿蘭斯遺跡』。」

阿蘭斯……啊，上次在孤島那邊聽過解說，是羽族的古代浮空島，在戰爭後消失云云。

「那是在我們還未被墮神時發生的事，那位眷屬旅行時誤入不明海域，當時天空突然出現幻彩般的雲層，自雲中有影像投射到平靜的海面上，是眾多帶翅種族的雕刻與城市遺跡，雕刻上的服飾配件與後世流傳的阿蘭斯聖者像很類似。」墮神族首領倒也沒有賣關子，很乾脆地把他所知道的情報說出來，大概也是想表現雙方友善交流的誠意。「可惜那位眷屬在墮神時未能完全轉化，已經前往安息之地。」

「原來如此，謝謝您的告知。」流越稍稍點頭，轉向我們，相當大方地解釋：「最早的月守眾出自於阿蘭斯，我們的先祖在阿蘭斯還未覆滅前因協助戰爭遠離家鄉，後來長居於羽族其他駐地分立為月守，古代戰爭後輾轉遷移至瑟菲雅格島，但知道這些事的人並不多。」

原來還有這層關係嗎？

「畢竟月守眾是離開阿蘭斯後才成立的部族，戰後避世，年輕一輩的羽族大多不曉得關聯。」流越補充道。

我有點狐疑地看向墮神族首領。

人家小輩都不知道的祕聞，爲啥這人會知道？

「別小看山神族，即使我們已經成爲墮神。」墮神族首領從喉嚨裡發出乾澀沙啞的沉重笑聲。

「畢竟山要化靈需千萬年，靈要化神又千萬年。」隨著淡漠的聲音傳來，走進會議室的是殊那律恩與深，兩人身邊還沾染上很淡的惡意，似乎是從某個戰場剛轉回來。黑王輕輕一拍，殘餘的那股惡念直接消散。「所以不可小看『山』擁有的記憶，即使墮落。」

怎麼聽起來很像某種黑歷史記憶者？

那種就算你長到四十歲了，還是會有個老人沒事就在說你小時候尿床試圖毀滅證據結果被所有親戚發現……之類的感覺。

說話期間，黑王已走到主位坐下，氣勢並不比墮神首領低，或許是刻意釋出來壓墮神首領，因爲這樣一碾後，墮神首領倒是乖乖收掉了那股壓迫感，同時黑王也把相對的魄力收整起來，會議室很快恢復成沒那麼低氣壓的狀態。

不等學長嗎？

我看看夏碎學長旁空出的位子。

「妖精礦脈中還有許多事須釐清，先不等他。」似乎看出我在想什麼，夏碎學長闔起羊皮書淡淡一笑，代替學長請假。

阿斯利安坐在夏碎的另一側，他看起來完全沒有不自在感，明明是第一次來，但表現得彷彿對這裡很熟，整個相當自然。

話說回來，他之前面對黑王時好像也沒什麼訝異的表現，這就很耐人尋味了。

不過在這種有外人的會議上，我先把疑問吞了回去。現在主要是黑王突然要大家過來的原因，基於還有個墮神首領冒出來，十之八九和他脫不了關係。

「墮神族暫居於獄界。」開始討論正事前，殊那律恩開口簡單解釋墮神首領出現在這裡的原因之一。「在此期間，不得對我的居民與客人出手。」

我想到他剛進門時對夏碎學長露出殺意，不過沒動手，應該就是這個理由。

「我並不介意墮神族針對我血脈的仇恨，你們有權利憎恨。」夏碎學長倒不在意墮神族首領對他發出的細微敵意。「眞實歷史如此，這是雪野一族後代的原罪。不過您有權報復，我們也有權反抗。」

「呵……我不至於在此地對盟友的小客人開戰。」墮神族首領移開虎視眈眈的視線。

說到盟友，他上次也提過妖師是他的盟友，所以這個又是啥狀況？

「看來這邊還有許多人和你淵源頗深。」哈維恩冷嗤了聲。

「你們確定在這裡敘舊？」大概是桌邊的氛圍過於輕鬆，墮神族首領反而有點訝異。……你還沒見過一群人圍著鹹酥雞吃吃喝喝的畫面呢。

「若是基於合作上的彼此認識與交流，我想我們有這麼幾分鐘的時間可以聊聊些許往事。」殊那律恩動了動手指，會議室周邊立即覆蓋層層結界，讓裡面的討論一個字都不會傳出去。

原本態度有些嚴肅的墮神族首領微微挑眉，然後看了眼黑王身邊完全不做反應的深，確認了兩人的態度都如此後才搖頭。「睡了一覺甦醒，新生代的想法果然和舊時代不同。」

不知道是不是我的錯覺，墮神族首領對在場所有人包含黑王在內，都是一種看小孩子的態度，唯獨深例外。

但思考他可能的年紀和深存在的時間，八成在他眼裡所有人眞的都是小孩的輩分，只有深是他的長輩，所以他看向深的眼神較爲收斂謹愼。

「好吧，如果妖師小朋友不介意。」墮神族首領似笑非笑地看著我。

「我不介意啊，在場全都是我可以相信的人。」我陰陽怪氣地笑回去：「你該不會認爲有什麼妖師的祕密被他們知道以後，他們就會反過來殺我吧。」自信地講，在座幾人甚至還有可能會幫我反殺回去。

「誰敢動本大爺的僕人，狗頭鍘伺候。」西瑞張開爪子，第一個發出攻擊警報。

哈維恩與西穆德當然是站在我這邊，夏碎學長和阿斯利安同樣帶著微笑點頭。

「別挑撥離間了。」流越不以爲然地說：「無論是怎樣的過往，皆不影響我對諸同學的看法。」

這下子墮神族首領眞的露出意外的神色，不過僅僅一瞬，他很快又恢復那種張狂又無所謂的表情。「這樣啊……看來這個年代的妖師與黑暗時期不同，難怪會協助那個混血雜種。」

我懶得跟他耍嘴皮，直接開口：「所以妖師盟友是怎麼回事？」

※

山神族，其實應該說是山神與其眷屬一族。

山要化靈必須山脈本身具有強大的靈氣與種種萬中選一的天賜條件，醞釀千萬年後凝聚爲「靈」，靈就會開始有自我意識與喜好，庇護更多生靈。

其實這個時期的靈就已經是我們一般人印象裡的「山神」，不過在世界認知中，其實還只是個強大的山靈，更類似於自然成形的「生命體」。

然後這個山靈又過了千萬年的累積，才會出現極小的自然系神格，開始正式列入「山神」。

這時候的山神就已經有眷屬了，大多是身爲山靈期間受到庇護的其他生靈陸續獻出生命與忠誠，徹徹底底地將自己託付給山神，並以守護整座山脈爲己任，被山神應允後能使用小部分的同源山脈力量，成爲「山神一族」。

「聽起來和我們那邊部分地方的神話很類似。」我想了想，確實聽過不少山神傳說，果然還是很多種族傳聞都藏在這些聽爛的故事裡面。

「自然的本源力量都異常純淨，對於各個種族來說是極佳補物，所以在化靈之前，種族們也會取用自然力量。但一般具有自我意識之後，無論白色或黑色種族就會有默契地不會再去觸碰。」流越解釋道：「但這不適用於滿懷邪惡者，例如邪神。」

「沒錯，像邪神那種東西很常進犯，山神族倒還可以抵禦得住，有一段時間我們得到妖師一族的幫助。」墮神族首領看了看我，「他們有個分支借我的本源山做點小實驗，本家因此協定幫助山神族抵禦約莫五百年的邪惡侵擾。」

「小實驗？」因爲墮神首領敘述的語氣沒有特別波瀾，所以我猜這件事很可能是發生在更早的時代，當時說不定黑白種族在檯面上還沒有嚴重對立，但大概已經與重柳族之類的關係惡劣了，致使他才覺得我會和周圍其他人有隔閡。

不過話說回來，他是被雪野第一代的混血鎮壓，往前推不過近千年的事，因此也可能是源於他後期看著妖師一族被全天下憎恨。

但不管是哪個原因，妖師一族願意幫山神族抵抗邪惡五百年，就表示他們這個曾經的同盟之約分量很重，所以墮神之後山神族依然重諾，不傷妖師相關後代。

「他們當時在做一種可以抵抗黑暗毒素的藥物，須借用山的本源力量作爲輔助。」墮神首領剛說出這句話，整個會議室氣氛一變，所有人露出程度不一的訝異。

「果然嗎……」殊那律恩反而沒有那麼驚愕。

「知道的人很少，千眾部族被屠滅之後失去很多治療黑暗侵蝕的手段。黑暗源自人心，能在瞬間造成種族扭曲，進而產生怨毒。妖師一族知道這將會形成無法逆轉的毒素並擴大蔓延，例如這位小鬼王身上發生過的事。」墮神族首領有點嘲諷地扯扯唇，刻意對我說：「古代並沒有這麼多所謂的『鬼族』。」

相關事情我早就知道了，鬼族也是戰爭後期的產物，就是在妖師一族被追殺後開始，最早的戰爭反而是對魔神或妖魔，甚至有可能是外星人一類的存在。

沒想到原來妖師還不斷嘗試想治療毒素，看來這些過往都在逃亡的歷史斷層中被忘光了，到我們這輩已不太曉得，而且凡斯也不知道，否則當年就有辦法救治其他人。

這樣一來就可以知道這件事情發生的時間遠比墮神族覆滅更早。很可能是在百塵背叛而千眾滅亡沒多久，所以妖師本家才會想辦法要弄個後手，可惜依舊沒能留下來。

歷史充滿諷刺的循環，追殺妖師族後蹦出鬼族，繼續滅亡妖師一族，連著原本救治的藥物都沒有留點線索，知道線索的山神族又被壓在神鎮山底下，以至於相關徹底失傳，到現在鬼族已自成一界還有好幾名毀滅級的鬼王出世，進化到毒素蔓延可以同時扭曲大量的種族成爲邪惡同類。

怪誰呢。

「妖師離開後將相關的資料都帶走了，原本山神族靠著妖師留下的庇護倒是繼續不受外界侵擾，就這樣過了很長一段時間，直到我們有族人被邪神意念附著。」墮神首領噙著笑，冰冷的視線則轉向夏碎學長。「當時我們實在抵禦不了邪神影響，不得不墮神，爲此我切斷與山脈本源的連繫，自動放棄力量，不讓邪惡污染神山，讓神山有機會重新產生新的靈；並試圖將整個墮神族轉移到更爲避世之處，讓眷屬們能夠平靜地活下去，了此殘生。」

「然後雪野一族到來，族人因貪婪山的力量襲擊了墮神族，激起反抗，初代龍神之子不得不出手擊殺墮神族，並將墮神族鎮壓於神鎮山下，爲了鎮壓墮神一族，原先的山脈本源潰散，形成枷鎖，導致神山毀壞，即使再給個幾千萬年都不可能重新孕出山靈了。」明顯已經從自家弟弟那知道前因後果的夏碎嘆了口氣。

這麼一聽，突然覺得墮神族復仇很合理，最初的血恨就已經仇深似海，即使他們針對雪野進行滅族，都在情理範圍。

甚至當時墮神首領妥協只針對龍神血的後裔都已經是很給面子的做法。

但我還是不希望他對千冬歲和夏碎學長出手，除了他們倆，雪野家的其他人隨意要殺要剮都無所謂。

「如果你要對千冬歲動手，我還是不會坐視不管。」我直接把我的想法告訴墮神首領，以免大家以後對上尷尬，這是朋友立場問題。「你不用守約，假如我們因此敵對，我會努力幫千冬歲對抗你，你也可以盡全力攻擊我。」

墮神族首領瞇起眼睛。

我可以感覺到他依舊不想與妖師爲敵，可惜我不能不管千冬歲他們，註定無解。

氣氛凝滯。

「關於這件事，本尊倒是有個折衷辦法。」魔龍的聲音冷不防傳來。

什麼辦法？

「如果你只想保那兩個小子，就這麼對他說……」

我聽著魔龍的話，指尖敲了敲桌面，按照腦袋裡傳來的聲音提出條件：「您最主要的願望應該是族人們能夠好好活下去吧。」

「嗯？」墮神首領示意我往下說。

「山神在墮神之後，怨氣可使屍體重新復甦，像您現在這樣子，但您的眷屬目前應該還只是有意識的活屍，或者根本沒回來的殘屍狀態，繼續下去早晚扭曲成鬼族。」

「正好你們都已經墮神，跳脫了歷史軌跡、不用走白色種族的常規路線，所以希克斯提出一個方法，他可以教你們大妖魔特有的復活方式，力量足夠又能找回魂體及部分屍體的話，可以恢復到你們原本墮神時期的模樣；用這個交換千冬歲與夏碎學長，其餘的雪野一族我不插手。」我頓了頓，看著墮神族首領越來越認眞的神情，感覺他對這個交易非常有興趣。「只是能量源不好取得，是現在爭議很大的假生命之石。」

假的生命之石出現後，希克斯確認可以成爲復活他本體的一小股力量，裡面存有的是大量的扭曲生命能量，正常的黑白種族無法使用，偏偏妖魔鬼怪卻很適合，自然也可經過轉換後用在早就成爲邪惡一員的墮神身上。

「希克斯說可以教你們，也可以分你們一點點假石上的力量讓你們去驗證，至於後續假石怎麼取得就靠你們自己，但你們必須不動千冬歲和夏碎學長。」我想了想，自己附註了一句：「只是毀掉的山我們沒有辦法，眞的很抱歉。」

墮神族首領抬手阻止我的道歉。「你說的條件確實很吸引人，如果眞能做到，放過兩個小雜種不是不行，但其他人，我們不會停手。」

「可以，其餘人就按照該有的因果，任其發展。」我點點頭，反正我的目的只有千冬歲和夏碎學長不要再被那堆爛人破族垃圾事傷害，其他傢伙的傷殘都和我無關。「稍後您可以帶一位族人過來，希克斯會演示給您看，如果正如他說，那我們是否可以達成交易？」

「可以。」墮神族首領這次很乾脆地鬆口：「但那兩個小雜種也必須發誓，不干預墮神族的復仇，一旦他們介入，我們照樣會攻擊，他們不動手我們就不會對他們動手。」

我立刻期待地看向夏碎學長。

夏碎學長思考了幾秒，回道：「我雖然對於雪野不再抱持期待，但我不能替千冬歲做決定，只能儘可能承諾您，我不干涉墮神族取回該有的血債，並要求千冬歲將事實徹底公告整個雪野。若雪野一族想提出足夠償還並贖回他們生命的辦法，那也是他們與墮神族之間的問題。」

「可以，希望你小子別忘了這些話。」墮神族首領不懷好意地說出惡意的話語：「不過忘了也沒關係，你只是個碾壓即死的塵埃，找不找死都對吾族沒影響，一切只是看在妖師的面子上。」

「非常謝謝您的寬大與理解。」夏碎學長沒被威脅影響，客客氣氣地道過謝。

看這件事眞的可以彌補，我連忙在心裡對魔龍大大感謝，給他一個幾千字的讚美大禮包。

「哼，本尊只是賣米納斯個面子。」魔龍發出傲嬌和不爽：「否則誰要把假石給那堆腦殘使用。」

米納斯？這個回答讓我非常意外。

「你看起來太弱智了，她要我有辦法的話就告訴你，不然本尊管你去……」魔龍話還沒說完，接著只傳出個低罵聲，一股水氣蓋過去，直接被強迫消音。

……

……？

是我的錯覺嗎？怎麼感覺他們兩個相處越來越好啊？

還是該說越來越隨意了？

抓抓腦袋，搞不清楚我家兩尊幻武大神平日的溝通模式。

※

墮神族的事做了個小結束後，我們終於要正式進入主題。

我總覺得殊那律恩好像是刻意讓我們一行人坐下來好好解決千冬歲他們這個血仇隱患，說不定他其實知道魔龍提出來的方式，只是沒告知墮神首領，讓我們用這個條件去談判。就如他默默收下整個墮神族，讓他們暫時住在黑王領地裡，使他們不至於對我們當場翻桌，才有了對談的後續。

今天如果魔龍要賤不說，十之八九就會是黑王提出來讓我們協調。

看了眼殊那律恩，他沒有明講，我卻有很深刻「就是這樣」的感覺。

「回歸正題。」墮神首領敲叩桌面。

「喔對，你之前找我應該不是想通知墮神族搬到獄界吧。」雖說我覺得更怪的是他爲何不是通知白陵然。

「如果你很在意我們遷族的問題，下回搬遷可以給你個邀請函。」墮神族首領很隨便地敷衍兩句，接著才繼續說：「基於曾經的盟友，原先只是想給你一個預警，不過現在似乎也不太需要，看上去一個善意的預警對你來說不夠用，你起碼需要幾十個預警。」

我們幾個人面面相覷，最後其他人目光放到我身上。

「咳，一切都是湊巧。」鬼才知道爲什麼我會一直遇到各種怪事，話說回來，墮龍神和邪神事件不能算到我頭上吧！

那邊那位夏碎學長，說的就是你！根本你家的問題！不要以爲跟其他人一起看我就代表你是無辜的！

「所以本來的預警是什麼？」我抹抹臉，感覺自己好像又在不知不覺瘋狂踩雷。

墮神族首領似笑非笑地說：「吾族離開那堆混血雜種的巢穴時，一度有自稱黑暗同盟的邪惡想吸納吾族。」

又是那群見縫插針的小啦嘰！

「後來呢？」我在心底大罵裂川王八蛋一行人。

「或許是墮神族是邪惡的存在，黑暗同盟的使者非常有禮，介紹不少他們的盟友與現況。包括鬼王、幾位妖魔、邪神與異靈等等，使者認爲吾族的前景非常看好，允諾可以替吾族重塑身體，血洗白色世界。」墮神族首領敘述了下黑暗同盟找上他的狀況。

當時他們從雪野家離開，渾身戾氣與死氣，墮落神族怨氣沖天，不管從哪方面看，他們都是很想報復世界的存在，理所當然就有喜見此況的邪惡接二連三找上門，並大方地提供入會管道，其中黑暗同盟跑得最勤。

不過邪惡使者沒想到的是雖然墮神族一臉瘋狂扭曲樣，但理智和智商卻在線。就和最初他們告訴我的一樣，他們並不濫殺，只要報仇。

所以同樣有禮地聽完招攬，墮神族轉身立即投奔黑社會當中的良心清流──殊那律恩，並想把這件事情告訴我們，好有個防備。

我仔細一想，哇靠這個黑暗同盟近期挖的合作幾乎都跟我們有仇啊！這群渾蛋東西是不是看我得罪誰他們就挖誰？

有種去挖重柳族啊你們這群縮頭烏龜！

「本大爺怎麼覺得這些雜魚聽起來都很耳熟。」西瑞摸摸下巴，若有所思。

看吧不是我的錯覺！

如果墮神族加入，那根本就是一個仇敵壓縮檔，打過來時解壓縮跳出的全都是熟人。

光想想就很胃痛。

墮神族首領帶領族人投奔殊那律恩時是私下進入領地，這件事黑暗同盟還不知道，黑王覆蓋掉投靠者們的蹤跡，除了少部分親信，連領地居民都不曉得墮神族投奔的事。

這也就代表黑暗同盟偶爾還是會傳點邀請給墮神族，雖然沒成功拉攏到人，不過攻擊白色世界時他們還是會煽風點火，畢竟搞事的人有多少算多少。

「兩混血雜種被邪神記恨，狩人小孩被異靈盯上，獵捕名單你們都有份。」墮神族首領大方分享目前他所知且在場的針對目標：「妖師及協助他的夜妖精、血靈被黑暗同盟仇視，月守眾因爲守護能力突出也在抹殺名單內。喔，還有不在場的半精靈，鬼族亟欲滅殺的對象。」

「怎麼沒有本大爺！瞧不起大爺嗎！」西瑞憤怒了。

「可能因爲殺手家族還在他們拉攏的對象。」我拍拍西瑞，告訴他之前他家被進攻時戰場上跳出使者招募的事。

「怎麼沒有萊恩！看不起那個吃不起大餐的傢伙嗎！」西瑞繼續憤怒。

這個可能是因爲存在感的關係被自動遺忘！

誒不是！拉萊恩下水幹嘛！人家沒在黑名單上不是好事嗎！還有他並不是吃不起大餐，不要再誤會人家了！

「你們這些小朋友眞會惹事生非，出門時小心點，不然眞的會被打。」墮神族首領做了個結論。

這世界眞是太不友善了。

想好好過正常生活怎麼那麼難？

「叫你們過來，是因爲我與流越大祭司要替各位量身訂製一些防身術法。」黑王按了按額頭，面無表情地說：「尤其是夏碎與狩人，邪神與異靈行蹤、脾性不定，接下來這段時間你們盡量與同伴待在一起，別被趁隙侵襲。」

「好的。」

「盡量。」

夏碎和阿斯利安看似乖巧地點頭。

不過盡量是啥鬼？

我瞇眼盯著好像還有可能搞事的阿斯利安，近期對他會安分守己這件事完全喪失信心。

因爲要按每個人的需求和體質一個個製作術法，所以接下來會花點時間。墮神族首領完成告知情報的目的後借了一架小飛碟就離開，他想立刻看看魔龍所說的方法是否眞能成功，之後就必須開始尋找假生命之石的下落。

取得西瑞的同意後，我把白楊鎭與青幽族的情報告訴對方，沒意外的話，墮神族首領應該會先從這兩個舊地開始追查生命之石。

現在可知疑似有三個以上的組織偷偷在暗中研究生命之石，不過檯面上完全沒風聲，於是幾乎可判定沒有成功的案例，也就是說失敗的假生命之石數量可能比我們想像的還要多，至少保底就還有一顆青幽族的對石沒找到。

原本想說魔龍可能會暴跳，把他的糧食情報送人什麼的，但意外地居然沒有，大概是他還可以靠其他方式吸取能量，又或者是被米納斯說服的緣故。

總之，千冬歲與墮神族一事暫時可以先放下心。

第六話　魔系水族

「夏碎學長你完全好了嗎？」

排隊等待黑王和流越幫大家做護身術時，我上下左右掃視夏碎學長。目前看著氣色紅潤，整個人精神奕奕有活力，一掃前陣子的戰損狀態，光肉眼看就覺得恢復得很不錯。

「嗯，雖然只用了三分之一，不過銀滴的治癒能力果然非常強大，靈魂暗傷幾乎消去。」夏碎學長溫和地微笑，絲毫看不出不久前受過嚴重打擊。

「可惜無法復原被掠奪的天賦。」這陣子與對方建立起交情的哈維恩不免有些不平。

「這倒無所謂，我一直不需要那些力量。」得到夜妖精彆扭的關懷，夏碎學長笑意變得更深了。

「夏碎原本就有著自己蓄積的力量，一路走來的艱辛軌跡無法抹滅，真正迷失的是那些想利用你們的人。」阿斯利安說道：「比起那些愚蠢者，你厲害太多了，很多擁有血源力量的人甚至贏不了你。」

我看他們三人氣氛良好，幾句話後更開啓了學術交流，便站在一邊沒插嘴加入。

難得哈維恩和夏碎學長、阿斯利安可以誠心深交，並且有共同興趣，讓他們小圈圈多聊聊也很好。

我趁這機會把墮神族和假生命之石的事情轉達給白陵然，不曉得他們有沒有接觸過了，妖師本家那裡之前沒傳消息過來。

意外地，這次然立即回了訊息給我，但不是關於墮神族，反而是給我一個時間地點，簡單說明他們與幻水魔聯繫之後，對方要求見一面，但指定的人選很奇異，要找當初發現物件的血靈與妖師。

不知道是不是巧合，相隔兩分鐘後，千冬歲竟然也傳了訊息給我，一樣的時間地點，不過他聯絡的是先前他所說的公會的幻水魔，對方同樣要見與當時相關的血靈與妖師。

我直覺然和千冬歲聯絡上的說不定是同一個人，幻水魔在本地對外聯絡窗口之類的。

朝站在黑暗裡的西穆德招招手，把兩邊訊息給他看過，西穆德點頭表示可以一起出席，不過他還多附帶一句讓我安心赴約，如果發現幻水魔不對勁，他可以第一時間把對方砍掉。

聽起來好像很安心，但又好像哪裡怪怪的。

話說回來，那銀滴到底是誰弄來的？安地爾的反應太詭異了，讓我不得不多想……但也不會真的覺得是重柳族。

目前重柳族除了帶白鷹那位看似較正常，其他的照樣都覺得妖師有毒，上次知道銀滴的事情還是正常那位講的，所以更不可能是他們了。

總不可能是千冬歲他們的垃圾老爸吧！

整個謎。

因爲想不出來所以決定不想了，反正等到物主該出現時，他總會自己出來認領。

「怎麼了？」

回過神時，夏碎學長已經注意到我這邊，三人短暫的對聊似乎告一段落。

我把幻水魔的事情稍微說一下。

幻水魔那邊只有指名要我和西穆德前往，沒說可不可以攜帶其他人員。於是我把這問題發給白陵然和千冬歲，這次大概兩邊都還在等待對方回應，就沒這麼快答覆了。

不過如果兩邊的幻水魔窗口是同一人，那說明他正是公會袍級，想想應該會同意多帶幾個人過去看熱鬧之類的吧。

「咦？這地址……」阿斯利安看著手機上的地點，歪了歪頭。

「哪裡？」不得不說這些人的旅遊經歷還眞廣，看個地址就眼熟。

阿斯利安很神祕地彎出一個笑容。

……感覺眼皮突然跳了起來呢。

※

雖然每個人都要分別設下防護術法有點花時間，不過學長到達之前，我們所有人都得到了新的蛋殼。

匆匆到來的學長邊走邊褪下黑袍，剛好與最後一個出來的夏碎交換。

這時萊斯利亞已幫大家準備了很多餐點，吃吃喝喝中時間不斷流逝。

中途墮神族首領來過一次，返還小飛碟後順便證實魔龍的方法有用，所以和我正式訂下約定不找千冬歲和夏碎學長的麻煩，爲了代表交易成功，我從魔龍那裡又挖了一些假石的力量給對方，邊假裝沒聽到魔龍在我腦袋裡靠杯，邊送走急著去找假石的墮神族首領。

「這次眞的非常感謝你，又連累你們一次。」夏碎學長目送墮神族首領離開，整個人相當感慨。「我在公會還能換不少能量石相關物品，晚些補償給希克斯閣下。」

腦袋裡的聲音這才緩下。

「沒啥好感謝和連累的，我欠你們的還比較多。」看著夏碎學長，我心情有點複雜。

夏碎學長輕輕笑了聲：「是不太適合一直說誰欠誰。」

「對啊，而且千冬歲是我朋友，做這些理所當然。」反正對魔龍來說這些也是意外之財，分點出去又沒差到哪裡。

「哼！」魔龍甩了我一聲，就沒反應了。

又過了一小段時間，學長和黑王、流越才終於結束出來。

可能是因爲學長本身體質比較麻煩，他用的時間比我們略久一些，一行人之中最快的是西瑞，羅耶伊亞家族本身抗打、抗術法，似乎手續就不須那麼複雜。

「萊恩因爲要輔助幻武鍛靈，待忙碌期過後我們會去幫他製作，米可蕥亦同。」流越手背上停著一隻黑色的小蝴蝶，他隨手一抹，蝴蝶化爲黑光沒入手套，原本的黑色布料立即浮現出蝶形圖樣。「千冬歲已有龍神力量，暫時不需我們出手。」

這樣我就放心了。

總不能因爲萊恩點滿閃躲技能就眞的少他一份。

「礦脈如何？」黑王看向學長。

「確實是父親本人留下的痕跡。」學長微微皺起眉，表情隱隱有些不解。「奇怪的是，當年父親將很多未竟之事託付給我，但這個地方卻沒有告知，按父親的習慣來看，礦脈明明也是高危險須進行後續處理，不該略過。」

「更奇怪的是明明裡頭有個異靈，但好像沒有其他精靈知道。」我一路下去沒看到其他精靈的痕跡，完全是三王子他們在設術。按理來說異靈這種大事，不是至少會讓冰牙族出個小隊來駐守還是處置之類的嗎，結果封住異靈的只有三王子和我祖先。

「公會也沒有相關情報。」阿斯利安補充道。

這就很不合理。

幻境裡三王子等人明顯是交好時期，還沒有爆發鬼族戰爭，那麼三王子應該很有餘裕把凡斯和安地爾的行蹤藏好，回頭讓精靈們封掉整座礦脈，然而沒有。彷彿他們把整個礦脈遺忘了，任由它繼續被盜賊與冒險者入侵，甚至變成一大堆扭曲魔獸與喪屍的巢穴。

當時他們發生什麼事，以至於把這個礦脈拋在腦後？

「我傳訊回冰牙族，請其他人找找有無當年相關匯報，公會還在排查整座礦脈，保護術法也做好了，預估這兩日就可以把米納斯的心臟送回。」學長頓了頓，對於他父親的異樣可能也不知道從何講起。

我看了看流越，接著把遇到安地爾的事情說出來，畢竟流越通知公會時已經提到，不算什麼祕密。「如果很介意，可能問他比較清楚……？」與其在這裡猜，倒不如問三人裡面還在世的那個，搞不好就是因爲這傢伙作祟事情才沒有暴露也說不定。

……越想越有可能。

「等礦脈解析完畢。」學長也沒說找不找，不過表情偏向不找居多。話鋒一轉，他看向流越和我：「米納斯的身體有下落了嗎？」

「還在尋找，可能軀體周邊有許多遮蔽術法，得花點時間。」流越抬起手，追蹤術法在他掌心上轉來轉去，散發出它超忙碌的氣息。

不得不說這麼快找到心臟所在有點運氣成分，難得米納斯跟了我這麼久還沒被帶衰。

接著我把幻水魔的見面也提了下，學長看著指定地點，表情也有點微妙。

所以說那是哪裡啊喂！爲什麼大家都要賣關子！

「這地方的話，多人過去應該是無所謂，至少地主不會介意，幻水魔希望單獨面談，其他人也可以避開。」學長把手機還給我。

我問了一下，西穆德和哈維恩是都要過去，沒想到除了黑王和深以外，其他人居然也蠢蠢欲動……是很想去看熱鬧嗎？

「時間是在明日，你們可以先回去休整。」黑王叫大家過來的目的完成了，都已經破例讓這麼多人進來，當然沒打算讓所有人在獄界過夜。

學長和夏碎學長要回礦脈看看有沒有進一步發現，阿斯利安則是還要處裡一些公會瑣事與回醫療班，流越出門時被大哥莫名其妙逮過來，所以他得向浮空島和羽族報平安，以防式青眞的衝過來踹我們，西瑞則是無所謂要去哪裡，不過我勸他還是先回家一趟幫我送謝禮給大哥，另外白楊鎮的情報轉送給墮神族這事情也必須告知。

這麼一來大家就算休息也不會待在同個地方，於是約定好明天的集合地點時間，到時再一起出發去找幻水魔。

隨後我帶著哈維恩與西穆德往醫療班的方向，而其他人各自去往各自的去處，就這樣暫時解散了。

❀

哈維恩和西穆德在礦脈時受了傷，雖然後續流越與殊那律恩有幫他們處理傷勢，但我還是不太放心。

去醫療班報到之後果然得到黑名單警告一份還有集體健檢套餐。

幸虧兩人身上確定沒事，哈維恩之前被影響的入侵力量在回沉默森林後清洗乾淨了；血靈恢復得更快，在血氣自我癒療下已完全無事，整體來說兩人都相當健康。

哈維恩趁機又在醫療班的交易所……對有這種地方，總之就是醫療班對外開放的藥物交易區補貨。

說到這個交易所也是前不久我跟著哈維恩在醫療班逛才知道。

醫療班本身有個販售櫃台，對外販賣醫療班出品的藥物，公會和我們學校的健康中心、醫療班在各地的駐地都有類似窗口，以前我很羨慕的神藥在這裡都買得到。

交易所則是各地掛售在醫療班的藥物——並非醫療班出產的產品，而是由世界各地各種族或袍級們自製或任務所得後寄售、經醫療班驗證無毒零污染，確定有療效的各種藥品藥材。偶爾會出現很難得的種族高級藥品，也因爲醫療班檢驗過，不須擔心買到會爆炸的假貨，還有醫療班販售人員會幫忙簡單介紹，對於我這種藥物小白是個天堂所在。

一晚過後，我們的藥物貯存又完全補滿，連血靈都被塞了一份。

第二天到了集合時間，等到大家都過來後，一看過去果然少了幾個人。

阿斯利安據說回去後就被他哥撲了，因爲他還帶傷就跟著我們跑去殺手家族，戴洛直接扣押他弟，休狄過來找我們時帶著一種「不要再讓某狩人有機會亂跑」的語氣，告知阿斯利安來不了。

當然休狄對幻水魔的事絲毫沒興趣，代替阿斯利安親自過來一趟已經很有誠意，所以說完話就走人。

比較意外的是西瑞也沒到，他傳訊息說家族裡發生點事情，他晚點再來找我。

所以最後到場的是學長、夏碎學長，以及流越。

幸好今天一早白陵然和千冬歲已雙雙回覆我，幻水魔說可以另外帶人，因此這樣前往也不會很尷尬。

學長打開傳送陣法，很快地我們周邊景物逐漸模糊轉換。

等到新的地點場景在眼前慢慢出現，我才知道為什麼阿斯利安和學長看到地址時的神情那麼微妙。

先感受到的是一股濃郁的清新水氣，接著是大片水色石板地及附近正在駐守公用傳送點的水妖精警衛們。

沒錯，水妖精。

「這裡是水妖精的駐地？」我看著據點壁面的圖騰，上面繪有水妖精的象徵，這下終於知道爲什麼他們的反應這麼奇怪了。

「正確來說，是水妖精一族的最大貿易地。」夏碎學長笑笑地解釋：「水妖精一族有幾處對外貿易據點，這是其中之一，主要交易妖精們的藝品與一些特殊材料、藥物，每年的祭典還有高級商會襄助舉辦。」

看了看公用傳送點陸續有人進出，看起來確實大多都是商人模樣，所以我們幾個出現在這裡完全不突兀。

於是到了與幻水魔的約定點、看見前來相迎的熟人之後，我絲毫不驚訝了。

「好久不見啦！」

穿著便服的雷多開朗地朝我們揮手，他身後是棟偌大的水色石板建築，顏色純淨，與周邊民用建築不太一樣，看起來很正式。

「你們？幻水魔？」我看著明顯在等我們的雷多，又看了看約見面的地址。

「嗯，這裡是水妖精的聖地駐所。」雷多笑嘻嘻地指指門上的聖地圖騰，「先進來吧，待會兒帶你們到附近玩，有很多好玩的東西。」

既然雷多在場，那我就不太緊張了，尤其在打開門後看見一臉肅穆的雅多也在時，警戒已放至最低，畢竟我和他們先前找水石時曾混過一段時間，如果要見的幻水魔就在這裡，那表示他對我沒威脅，所以雅多兩人才會借用聖地駐點讓我們見面，更確保不會有外敵侵擾。

「不過你們怎麼會認識幻水魔？」我看著雅多，有點好奇。

「說來話長。」雷多與他的雙生兄弟交換一眼，說道：「這些日子我們跑了一些地方，釐清點事情，可能對你們會很有用。」

聽他話裡的意思，他們和幻水魔認識一段時間了？

跟隨兩兄弟走到大廳時我看見另位同樣認識的人，說意外也不意外。

坐在大廳主位的是伊多，他穿著水妖精的長袍，看上去有點正式，在他側邊座位是一名全身黑裝的棕髮男性，身材非常高大，特別引我注意的是他隱隱蘊藏的力量，雖然藏得很好，但仍能察覺到，尤其連魔龍都發出點波動。

黑色種族的力量。

應該說，是魔族的力量。

我立刻確定了這是與我們約定的那名幻水魔，不論和白陵然或千冬歲交涉的都是他。

高大男性站起身，居然彬彬有禮地對我們做了個友善禮儀動作。「幻水魔，羅貝斯特。」

「妖師一族，褚冥漾。」我朝對方回禮，然後介紹了他要找的西穆德，其他人也紛紛與幻水魔相互簡單介紹。

接著在伊多居中引導下，大家紛紛在四周落坐，雅多和雷多則是站到他們兄長兩側。

「其實我原本也邀請了妖師族長，不過白陵族長說褚閣下能夠代表他做一切決定。」幻水

魔對著我很優雅地一笑，帶著某種有點怪異的魅惑氣息。「而且我族之物也是閣下取得，閣下是最好的人選。」

……這是推鍋吧。

我不知道原來他也邀了白陵然，雖然不清楚對方是不是另外有事走不開腳才把我丟出來，但絕對有把鍋丟給我自己去處理的嫌疑。

這就是傳說中我把鍋丟給族長然後又被反丟嗎。

「所以妖師一族是要來接手後續嗎？是否現在前往？」羅貝斯特緊接著又開口，丟出兩個我完全聽不懂的問題。

「啊？」我直接愣住。

「看你們似乎不知道更多事情……」伊多注意到我一臉迷茫，略微思考了幾秒，微笑著先中斷雙方不在點上的談話，溫和地說道：「或許我們彼此暫時先從頭說明？我想羅貝斯特也不曉得各位近期尋找到幻水魔物品的經過呢。」

我看了看伊多又看了看幻水魔，後者好像把這件事交給伊多代爲詢問，一個魔竟然很悠哉地拿起旁邊的茶水等待大家發言。

於是只好再看向學長和流越，得到了學長一瞪及流越正在好奇水妖精們提供的點心這樣的畫面。

好吧！

那我就只能把事情交給哈維恩了！

招招手讓哈維恩把之前發現石頭、石室，以及那位掛掉的幻水魔一事告知羅貝斯特。

不得不說夜妖精做簡報比我敘述快多了，而且重點簡潔有力還加上石室圖片，很快就把血靈那邊曾出現的幻水魔與寄託物部分講完，但哈維恩省略了裡面藏有謎之碎片的事，只提到有那枚古印的石塊，最後還附註一句當初的幻水魔強調要交給可靠的同族。

「嗯，這我可以理解。」羅貝斯特聽到最後一句時，竟然很贊同地點頭。「如果隨便交給一位同族，寄託物現在多半已經遺失了。」

……幻水魔眞的是這麼不可靠的種族嗎？

伊多輕輕咳了聲，淡笑著解釋：「幻水魔的起源是水之力、死亡的執念惡意與精靈，最早是死於水邊各種生物凝聚的死氣與怨念，之後融合了初生的水系大氣精靈，進而魔化成爲異族。他們天生帶有蠱惑幻術與邪心惡念，本能會將生命誘入海域；不過誕生於白色世界，並且最初的起源者是大氣精靈，後來又與水系種族往來、通婚，所以雖是魔系種族，但對生命相對友善。」

「按照原世界的認知，你可以當我們是優化版的水鬼，會惡作劇把人拖進海裡，但不一定會溺死，要看當時心情。」幻水魔給了個簡單通俗的說法。「我們拉人是玩樂，不是捉交替。」

懂了。

但是你這樣說自己的種族眞的好嗎！

「也因如此，幻水魔的本質趨於慾望與魔心，所以……嗯，不太適合過度嚴謹的託付。」伊多稍微搗了下唇，大概是覺得這樣說別人種族不太好，略不好意思。

「對，我族智障多，僅有的優點是臉好看、天生幻術高超，擅長越級誘騙各種生物淹死。」身爲幻水魔本人的羅貝斯特居然非常坦然地承認種族問題，還很理直氣壯。「我父親亦同，幸好吾母的海族血脈改良了這種缺點，才令我能夠在近年作爲幻水魔的使者四處遊走。」

所以你們通婚是爲了改良腦袋嗎？

有想過別的種族的感受嗎？

「本尊想起來了……本尊部下說過，這些小玩意們腦子放在那裡有跟沒有一樣。曾經發生過很多起人類詐騙他們，結果把一些幻水魔財產騙空的事件，另外也有一大群幻水魔被騙婚騙身，畢竟長得好看。」魔龍冷不防出聲：「雖然通婚可以藉由傳承血脈改善他們的習性與思考模式，但一、兩代後又會被魔系力量覆蓋……就那樣。」

所以改良只能維持一、兩代嗎？

「不過因爲欺騙這件事情本身就是惡意，對魔族來說可以吸收惡念進補，所以幻水魔這類的魔族多半被騙完後不會太在意，開啓屠殺進行報復後又會回到原本的棲地繼續玩弄生命，沒被殺死的話。」魔龍補充道：「你不用太擔心他們，大多魔族天生就是單細胞生物，對他們來說玩樂比生存重要。」

我按了按額頭，再度覺得這世界無法想像的神祕種族眞多。

等等，所以當年被殺到逃去妖靈界到底是多慘烈，才會讓這些思考單純的魔系種族怕成那樣？

重新看向羅貝斯特，這次我滿心複雜。

幻水魔笑笑地望向我，深邃的眼睛隱隱有著優美的暗藍色微光閃過。「雖然這麼聊也可以，但坐著閒談可能有點無趣，不如一起到我們族內，我替各位解釋當年幻水魔舉族遷移的事件，這與妖師一族有重大關係，而且說不定各位會相當需要這些情報。」

所以他剛開始問「要現在前往」是這個意思嗎。

「我已經先行確認過，其實褚是眞的須要走這趟。」伊多看我們沒有出聲，便開口：「我和雅多、雷多也會同行。」

既然伊多都這麼說了，我當然不會有所懷疑。

「那麼就準備後出發吧。」

學長直接拍案決定。

※

從水妖精據點要進妖靈界有點麻煩。

羅貝斯特當初來自由世界時，是經過幾個正規轉站，才由海族爲起點開始漫遊世界，回妖靈界亦同。

我們現在一大群人過去的話，不走這些正式轉站就是學長等袍級們要進行一些申請，之後由流越和幻水魔打開跨界術法，直接從公會架設的臨時通道通行。

又或者可以走非正規通道，直接轉獄界，借道黑王領域進入妖靈界，不過這得借用黑王在妖靈界的關係及鬼族領路者。

再不然就是經由水火妖魔撕裂空間過去，但他們在妖靈界好像搞了很多事，被敵手發現的話搞不好會額外出事。

這次是正常去拜訪幻水魔種族，不是要去滅人家族，不用偷偷摸摸，所以最後還是決定走公會通道。

申請要花點時間，正好讓大家稍作準備。

「我帶你出去逛一圈。」雷多興致勃勃地抓著我和雅多，「快點逛完回來可以趕上跨界通道。」

我看向學長，他對我點點頭，還揮揮手示意我快點滾。

哈維恩留下來協助人頭登記，西穆德跟我們一起出去，不過他進入了陰影裡藏匿蹤跡，所以感覺不到他在哪。

我摸摸口袋，身上有些通行幣，雷多也說這裡可刷通用卡，所以逛街不太須要擔心。

離開水妖精的聖地駐所，我們進入熱鬧的市街裡。根據雷多的導覽，貿易區有幾個大分類，武器、藥物、情報等等，其中比較適合我們現在想無腦隨便亂逛的則是美食區，除了許多水妖精食物，還有各地商人陳設的攤位或店家，四處飄滿不同香氣，剛到美食街入口我就開始嘛口水。

雖說是美食街，不過也少不了玩樂的店，另外多多少少有些雜物舖與零散的其他物品販售，大多等級不高，可以讓遊客買著玩。

「你們原本就和幻水魔認識嗎？」在某個攤位買好燒烤串，我與雙生兄弟挑個公用座位分享餐點時，順便問出我的疑惑。

大廳人多不方便詳問這種私事，現在比較適合，而且我覺得雷多和雅多帶我出來，也有想要解釋的意思。

雷多果然毫不猶豫地回答我的問題：「前陣子才認識的，在那場四日戰爭之後。」

這個時間算起來好像也不算認識太久？

難怪在找水精之石那段期間都沒聽他們提過。

「巨人島過後，伊多發現水鏡頻頻出現預兆，後來指引我們探看先前使用過的水精之石。」

雷多邊招呼我們吃燒烤，邊告訴我他們那邊發生的事。

四日戰爭結束後，水鏡警示引領他們翻找水精之石，好巧不巧就在先前疑似水族那人給我的其中一顆水石裡出現幻水魔的古圖騰。爲了釐清這枚圖騰來自何方，以及現在出現預兆的目的，伊多三人藉著水鏡指引，因緣際會認識了新任的紫袍羅貝斯特，這位幻水魔來到自由世界想尋找自己種族的歷史——說來也不知道該同情還是該怎樣，幻水魔因爲缺根筋外加性格太豁達，並不是很在意己身的歷史傳承，竟然硬生生出現大量歷史斷層，一直積極延續此部分的反而是如羅貝斯特這些混血。

比起滿心只想玩樂的純血幻水魔，混血派還比較有種族榮譽感與求知慾，因此肩負起傳承歷史的工作，目前幻水魔裡執事的長老們多半是混血，勞心勞苦地照顧那些樂天派純血。

我再次感到無言。

以爲他們歷史斷層是和我們一樣被追殺所致，沒想到事實是北七導致。

「羅貝斯特說，重要大事通常會囑咐混血派長老，但過程不免還是會被遺漏，加上混血幻水魔的……思維，就你懂的那意思，徹底改變過來是在他們混血血脈覺醒並傳承後，所以不少事件仍難逃缺東少西，必須同時好幾位長老在場並翻閱歷史書才可補足。」雷多提到幻水魔時有點啼笑皆非。「所以幻水魔的培養資源一致認同優先給傳承後的混血們使用，並由混血派作爲使者對外交流。」

雖然是個坦率奔放的魔族，但在傳承和經營上讓人頭痛。

這樣一來我就可以推測當初和血靈在一起並藏匿起東西的是一位混血幻水魔，而後血靈們遇到的其他幻水魔是純血，無法交託物件，才會演變成今天這種局面。

但我還是想說，別人家都是以純血爲族內栽培重點，到了幻水魔這裡直接顛倒，以混血爲族內重點，然後混血過兩代又會被覆蓋回純血……這種族到現在還好好活著也是老天特別照顧了。

光聽就覺得他們很鏘啊！

「後來羅貝斯特邀請伊多去幻水魔領地……」

當時伊多收到幻水魔的邀請，前往幻水魔一族作客。

這不像去一般白色種族家玩那麼簡單，而是要經過層層轉點進而跨界到完全是黑暗力量的妖靈界，所以對水妖精來說具有極大的危險性，然而爲了水鏡的預兆，伊多還是同意前往，與雅多和雷多共赴邀約。

因此從四日戰爭之後，一直到我們四處亂跑的這段期間，伊多三人其實持續與幻水魔在釐清過去那些歷史斷層，從妖靈界到守世界，遊走了許多幻水魔舊地，尋找導致那場滅族災禍的根源，直到近期終於隱約摸到一條線索，這便是伊多非常明確認爲我要走這趟的原因。

「線索是指？」我直覺這就是我必須去的原因。

「找到疑似當年妖師某一分支覆滅的古戰場之一。」雷多沒有賣關子，直接告訴我這個巨大驚人的結果。

妖師覆滅的分支只有兩族，一個是千眾，一個是百塵。

百塵當年是被本家直接屠掉，按照本家的做法應該不會留下古戰場，這麼一來這個疑似的戰場極有可能是當時被百塵攻擊的千眾一族。

我不只內心，臉上也很震驚。

畢竟最近一直遇到與伏水和千眾有關的事件，雖然知道幻水魔和妖師有所牽連，但現在竟然送來一條古戰場線索，冥冥之中好像有某種軌跡正在引導我們去找到更多的過去。

而讓人加倍震驚的是伊多他們竟然花了這麼多時間在為我們跑妖師一族相關的事，並且直到有確實的結果與線索才來找我們。

「……別露出那種有虧欠的表情啊，你當時也幫我們找了很久的水精之石啊。古戰場那邊有封鎖暫時還進不去啦，幻水魔那邊的線索倒是可以去調閱了，伊多和雅多與羅貝斯特的族人都有在整理。」畢竟是在外面，不好繼續深入詳談，雷多揮揮手，要我不要想太多，隨手又點了一輪燒烤，我們邊聊邊吃，不知不覺把桌上的食物都吃完了。

這家燒烤很好吃，尤其是食材上面另有一層燒烤起爐前才撒的半透明調味料，吃起來有點酸酸甜甜的、很合我胃口，看來雷多是特意帶我來這裡的，離開時看可不可以外帶，給學長和流越他們帶一份。

流越離開孤島之後對外界食物很有興趣，我後來才想起他很可能被當年那些殘酷的舊傷影響到味覺，所以對食物味道或許沒那麼敏銳，不會太介意某些在我看來很詭異的怪味道，反而覺得嘗試那些很有意思。

幻水魔相關的其他事情等到去了魔族可以慢慢詢問，於是我們話題改爲有的沒有的閒聊，大多是雷多好奇我們這陣子在外面的冒險，接著在第二輪吃完、外帶的食物也打包好後，差不多要準備返回聖地駐點了。

我在路上順便挑了一些味道正常的小零食，打算一起給流越。畢竟最近很多地方都多虧他的幫忙，他又不要酬勞，只能多給他吃的。

回到水妖精聖地據點時，已經有兩名公會白袍在等待了。

❀

「這兩位是來幫忙穩固跨界通道。」

夏碎學長簡單介紹陌生白袍的來意。「回程我們也會走這邊，比較安全，沒意外的話。」

爲什麼要附加後面那句，是覺得我們很容易發生意外嗎。

我無言地把食物交給流越，決定不要去管夏碎學長後面的附加句。

公會袍級沒有囉嗦，以學長與流越爲首，一行人在大廳處打開跨界通道，前後就幾分鐘的時間，一條力量穩定的通道出現在大家面前。

羅貝斯特本身既是公會紫袍也是幻水魔，所以他肩負起兩端的座標，把終點站設在幻水魔一族大門附近的安全據點。

離開前西瑞還是沒來得及趕上，我傳了訊息給他後，便啓程前往妖靈界。

妖靈界對我而言並不陌生，甚至來過幾次，除了魔龍是在這裡結識以外，重柳也曾一起走過一程，更別提後來黑火淵與天使們的悲劇。

總歸一句，回憶起來都不算愉快。

黑色土地再次出現於我們面前時，我下意識捏了捏手掌。

旁側的哈維恩拍了下我的肩膀。

「沒事。」我知道他的意思，所以表示沒啥問題。

幻水魔的安全點是一處小山丘，光禿禿的什麼也沒有，能看見的就是黑色的沙土與黑色的石頭，空氣裡充滿妖靈界特有的血腥氣味與邪惡空氣。視線放遠，可看見山下一段距離之外是大片大片幽藍色的海洋……沒錯，是很深的那種幽藍色，不是黑色，這有點讓人意外，我原本以爲會是深黑海域，畢竟是魔族住所。

寧靜的海面上分布一層淡淡的霧氣，天空極暗，那層霧氣竟然反常地隱隱有點微光，在壓抑的深色天海環境下看起來有點突兀，卻也很吸引人。

「幻水魔的大門在那處。」羅貝斯特指向空無一物的黑色沙灘。

既然幻水魔擅長幻術，那麼部族無法肉眼看見也很正常。

「作客期間，請各位千萬小心，盡量別隨便靠近水域，我無法保證族人會做出什麼事，但如果發生意外，以不死為原則，諸位可以自行對攻擊者進行反擊。」帶著我們走到沙灘附近，羅貝斯特在解除幻術前特意對我們進行危險宣告。「無論看見水裡發生什麼事都不要相信，即使看見嬰兒快淹死了也一樣，幻水魔基本上不會在水裡發生事故，所以任何求救都是假的。」

「就像那個嗎？」夏碎學長笑笑地指著我們附近的海域淺水區，隱隱有個瘦小的身影正在霧裡頭載浮載沉，一發現我們的目光，那個身影立刻劇烈地掙扎，活像下秒就會被海水吞噬，成為不幸的羅難者。

畫面其實很真實，我看著都有點毛骨悚然，好像真的眼睜睜看別人活活淹死一般，心底莫名有股想要跑過去救人的衝動。

接著身體周圍的防護術法轉了一圈，那種衝動瞬時減弱了七、八分。

再仔細一看，溺水者不再掙扎，大概是發現我們已經知道他不是真溺水，那傢伙遠遠看了眼，直接扭頭埋入海水裡，消失蹤跡。

「就像那個。」羅貝斯特嘖了聲。

說起來我怎麼覺得好像也有某種生物會做類似的事情，而且一樣在海裡？

啊，不就傳說中的人魚嗎！

不過我認識人魚，也和傳說的不太一樣就是，幻想生物總是在打破我的美好幻想。

想著亂七八糟事情的同時，羅貝斯特已經著手開啓隱藏在空氣中的魔族大門。

隨著幽藍色的陣法在幻水魔面前展開，一座海上城市的輪廓也隱隱勾勒出來，並不太大的小城市半海半陸，纏繞著層層霧氣，如同海市蜃樓。

先前說過幻水魔喜歡玩樂，這點也體現在我們面前的大門——一座偌大的石雕拱門，弧形拱門由古族印那似魚又似獸的生物組成，刻製的專家十分細心，留白部分全都裝飾了細膩的各種水生生物，姿態盡是嬉鬧遊戲，一個重複的動作都沒有，讓整個拱門看起來既氣派又華麗。

拱門後傳來大量魔系存在的黑暗氣息。

羅貝斯特帶著我們一大群人穿越拱門，踏過弧形門的瞬間，周圍立即熱鬧起來，原本從外面看只看見建築物輪廓，沒有其他生物，顯得相當凋零；但越過門的結界後，迎面而來的是喧鬧的聲響。

很顯然，界門後連結的是類似市集的地方，此時正逢營業時間，許多型態各異的男男女女或站或走地逛著一個個怪異的攤位。

說是怪異，但對魔族而言應該相當正常。

我第一眼看見的攤位上就掛著一堆怪怪的小魔物，還有晾乾的魔獸乾、魔獸骨頭，販售各種怪怪瓶子的攤位若干，可能是毒藥的魔草攤位若干……如果忽略有些店家要打馬賽克，就是一個生活氣息很濃厚的街道市集。

先前其他人對幻水魔習性的形容太過跳脫，所以我沒想到一進來會看到這麼正常合理的市集。

「這是幻水魔們對外交易的地方，如果你們看上點什麼，大多都是以物易物，但慎防受騙。」羅貝斯特走到個認識的攤位，打招呼後拎了一個章魚模樣的小魔物乾過來，隨即在這玩意上點了兩下，一陣藍紫色霧氣平空散開，原本章魚樣子的魔物乾突然扭曲了下，變成一條雙頭魚乾。「很多都是附著幻術的假貨，賣假貨會讓他們很開心、有人買假貨他們會更開心，九成攤位都會騙人。」

「……」怎麼如此欠揍？聽起來就黑吃黑。

「不過看起來也有很稀奇的真貨。」夏碎學長視線快速掃過幾個攤位，閒適地笑了笑。

「是的，如果分辨得出來，可以在裡面找到很珍貴的物品。」羅貝斯特把怪魚乾放回原本的攤位上，只見攤主把魚乾拎起來甩兩下，又變成章魚乾。「詐欺市集就是這樣，買到假貨就會成爲幻水魔的娛樂，但找到眞貨時他們也樂於交易，就看個人辨別的實力了。」

看著章魚乾，我覺得我可能沒有這種實力。

「別小看自己，其實辨別很簡單。」學長冷不防對我說道：「只是很低級的幻術，好好運用你的力量就可以看穿大部分。」

是這樣嗎？

我半信半疑地驅動黑色力量，看是沒有看出來，不過卻發現很多貨物上都附著一定程度的黑色物質與不自然的力量流動。

所以這就是假貨？

看向學長，我很小聲地發問。不大聲的原因是這種事情不能當場拆穿，否則很容易引起攤位公憤被圍毆。

學長點點頭，算默認我的想法。

如果不自然波動就是覆蓋的幻術，那麼確實還算容易分辨，怕的是連眞貨都被用幻術蓋住，不過也足夠讓我發現一些沒使用幻術的物品眞面目了。

話又說回來，會分辨也沒用啊靠！這裡的東西都怪怪的，完全不會讓人有想買的慾望！

羅貝斯特讓我們原地看著玩了一會兒後，便招呼大家繼續移動。

來來往往的除了幻水魔以外，還有許多型態各異的魔族過客，很可能是幻水魔經常欺騙大眾，我們這樣一行人大半帶著絲微白色種族氣息，居然沒引起圍觀，大部分都是看了幾眼就又開始做自己的事情了，好似完全沒興趣。

「你們就當自己是假裝白色種族的幻水魔就好了。」來過幾次的雷多笑笑地證實我的這些想法。「幻水魔天生就會使用幻術，聚集越多人的地方越會這樣，所以這裡很多東西都不是眞正的模樣，他們看我們也會這麼想。」

大型詐騙現場，我懂。

看來行走在幻水魔族裡，我的眼睛裡全都是業障啊。

第七話　過往遺事

羅貝斯特最後帶著我們一行人離開市集街道。

進入另一條道路時，很明顯可以感覺到四周原本的喧鬧氣息急速冷卻下來，隱約的魔族壓力變得稍大，周遭建築逐漸變得稀疏有別，除了模樣差異很大、間隔略遠以外，還覆有各種防止外人踏入的結界。

幻水魔雖然部分看似群聚，但是不喜歡被隨便打擾，即使是同族。

走在路上時，在看不見的地方傳來各種探測的視線，有些帶著示警、有些平淡，甚至有的帶有種看好戲的趣味或惡意，很容易想像得到藏在某處的魔族正試圖對外來者搞事，但因爲帶路的是混血族人，所以目前處於觀望階段。

「幻水魔其實比較喜歡獨居，最初時不會如此密集住在一起，比較常分散在各水域居住、狩獵，只有出現大事時會聚集在首領部落，後來才慢慢形成小鎭，但大多實力強悍的幻水魔還是會遠離族人多的地方。」羅貝斯特抬起雙手，掌心上出現好幾個深藍色的光點，散出後飛繞在我們周圍，驅散些許不懷好意的目光。「主因是一些吃飽撐著的幻水魔們會與過路的冒險者交易，市集成形後就有較強的幻水魔駐守，逐漸也有不少實力較弱的幻水魔住在此地逃避追殺，隨後乾脆把幻水魔的一些駐點出入口設在此處。首領與長老們則是住在更深入的水域，混血派們管理的歷史文書也是，這種模式便如此延續下來，後來被屠殺至妖靈界時一併帶入。」

隨後羅貝斯特解釋了下爲什麼會有這麼多足以交易的物資，根本原因在於幻水魔因玩耍而淹過的生物太多，還弄沉過不少商船，再加上他們常常在海底亂跑，所以得到大量奇奇怪怪的物品；對他們本身沒有用處的就隨便丟棄在領地附近，因此引來其他魔族或冒險者的興趣，外來者不想起衝突時會願意付出價值對等的東西交換，漸漸地演變成市集。

當然，這種玩耍把人強按進水的事在魔族時還好，妖靈界大多有互殺共識、沒太大問題，但以前在白色種族時，很可能會被狠狠地尋仇報復，尤其是死者或遭惡作劇者的親朋好友家屬看見其貼身物件出現在攤位上，或找到來源時，經常引起大規模鬥毆。

致使後來幻水魔被殺入妖靈界時，沒得到太多白色種族的幫助，雖然屬於黑色種族的魔族也不期待被白色種族幫助就是。

「……」不知道該不該吐槽，但人家魔系種族就是這種思考模式，好像也不能用人類的道德去衡量他們，就像我也遇過很多不同種族的迷惑操作，然後對方同樣覺得我很嘰嘰歪歪之類的。

離開住宅區後的路漸漸變得有點難走，濕漉漉的水氣很重，石板路蜿蜒向下，脫離小鎮進入黑色的地底通道，隱約可以感覺到這條路已經走向海平面以下了，連帶溫度跟著降低，兩側可見的石壁同樣潮濕，有些地方甚至覆滿青苔，爬過奇形怪狀的海蟲。

連續經過幾道結界牆後，最終出現在我們面前的是如同水濂洞般的瀑布隧道，不過規模相當大，至少有十多層樓，撲面而來的水花全都是帶有血腥與鹹味的妖靈界海水，隨便一點沾到了身上都感到非常黏膩。

流越張開兩層保護壁，才隔絕這種對白色種族有點腐蝕性的海水。

走過滴著酸水的長長隧道，中途我們還遇到一堆怪異的黑色軟體生物，不過大部分都被保護術法彈開，沒有任何影響。

最終出現在我們面前的是像整片嵌在岩壁上的石窟建築，開闢出的一個個洞口圍繞著一圈水生生物浮雕，有幾個裡頭傳來恐怖的壓迫力量感，但絕大多數沒什麼氣息，似乎是無人窟。

「我把妖師與血靈帶來了。」羅貝斯特讓我們站在原地，自己往前走了幾步，對著那些洞窟微微躬身，說道：「另外有幾位白色種族拜訪者。」

話語過後約莫十多秒，大概一點鐘方向的洞窟傳來細微聲響，接著是一顆非常大的腦袋從黑暗裡伸出，模樣有點像拉長的鰲頭，但皮膚上覆滿細小的黑鱗片，眼睛也呈現豎瞳狀，整顆腦袋幾乎把洞口塞了八分滿，不知本體有多大。

說好的幻水魔的臉都很好看呢？

我開始有點質疑他們的審美觀……但外族也因爲他們長得好看對他們騙色，所以這個頭是……？

「不是妖師首領嗎？」鰲頭魔族張嘴發出渾厚巨大的聲音，在整個地下空間嗡嗡迴盪。

「是足以代表妖師首領的近親，能夠獨自做決策。」羅貝斯特答道：「妖師首領親口說過這位即可代表。」

鰲腦袋的豎瞳變成細長一條，視線落在我身上，嚴謹地審視，之後轉向西穆德，再來一一掃過其他人，最後停在流越身上。

「我不是妖師。」流越突然冒出一句。

「……？我看得出來。」鰲頭魔族一愣，大概不懂爲什麼會得到這句澄清。不過也因爲突如其來的話，魔族終於移開視線，說：「吾爲悠久海族之民，曾遇過羽族，多看你兩眼只是難得見到羽族在妖靈界遊蕩。」

「噢。」流越歪了歪腦袋，點點頭表示理解。

鰲頭魔……靠等等，所以這不是魔族，是個海族？

我這時才驚覺雖然對方身上有魔族氣息，但本身並沒有黑色力量感，那種氣息只是因爲長時間身處高濃度黑色環境進而附著在他身上。

「進來吧，席娜等你們很久了。」被我誤以爲是魔族的海民慢慢地把大腦袋縮回洞窟中。

羅貝斯特得到允許後，帶著我們往下方洞窟走入，其餘幾個原本散發壓迫感的洞，收回了各式各樣的探查，那種讓人有點不爽的示威立即消失不見。

「席娜長老是管理歷史石板的大長老之一，剛剛那位是她的丈夫。」羅貝斯特簡單介紹了下海族身分。「席娜長老本身是位妖精混血，就魔族而言性格相當好，只要不觸怒她。」

正常來說，一般性格好的人不要觸怒都不會變形。

看我身邊這些狀似性格好的人就知道了，一踩到雷都秒變形。

洞窟隧道裡的水氣與腥氣更重，羅貝斯特雙手在胸前合十然後往左右張開，只見隱隱一層水霧隨著他的動作像窗簾般往左右退去，濕潤感瞬間降下，轉爲乾燥。

這時，長長的盡頭處傳來女性的輕笑聲。

幽藍色的光慢慢照亮通道，我們腳下逐漸出現一層黑藍色草苔，水氣被除乾後這些草苔有點毛茸茸又鬆軟軟的，踩起來會凹來凹去，觸感奇特。

隧道盡頭是個非常大的半開放空間，地面全是這種鬆軟的草苔，整個空間約莫四、五間教室大小，末端一半是透天的，能看見海水平空在上流動，四周牆面全都密密麻麻刻著奇怪的文字，周邊有許多大大小小的薄石板無重力般地飄著。

空間的中央有座極深的小水潭，周圍以圓石堆砌成約四、五十公分左右的高度，一名穿著紫黑色魚尾長裙的美艷女性側坐在旁，漆黑的長髮瀑散在身後，細長的眼尾微微勾起，帶著似笑非笑的神情望向我們。

「席娜長老。」羅貝斯特畢恭畢敬地向黑髮女性一躬身。

伊多與雙生兄弟也隨之動作，接著是我們幾個，在場唯一沒有動作的只有流越與西穆德，兩人分別只在大家行禮完後微微點頭打招呼。

一輪介紹認識後，女性——幻水魔長老席娜將視線放到我和西穆德身上，先是笑了幾聲，之後轉向伊多：「所以這就是你們千里迢迢來到妖靈界，與妖魔混跡的理由？」柔媚又優雅的聲音傳出，纖細的手指在空氣裡劃過，一張石桌自虛空浮現而出，並環繞著與現場人數相同的圓椅，桌面還出現了成套的茶水與茶點，布置完一切的女長老示意大家擇位坐下。

「我們只是聽從指引，當然其中有些許的小私心。」伊多微笑著端過茶水，語氣上感覺與女長老有一定的熟稔。

確實也是熟，按照他們所說，伊多等人除了奔走就是一直在這裡翻閱幻水魔的資料，自然就與管理這些石板的席娜頻繁接觸。

因此大長老並沒有多廢話，手一揮直接招來一疊薄石板，砰砰砰地堆疊在我前方，沒幾秒就堆得比我們幾個還高。

「你們有探路人，就不用彼此試探有害或有益，直接說正題吧。」席娜意有所指地又看了眼伊多，這才轉向我：「需要我代述？或是補充？」

「由我們來就可以了。」伊多表示不敢勞煩長老，而是與羅貝斯特各拿起了幾片桌前的薄石板。

我們這邊的哈維恩與學長交換一眼，兩人大概沒有寄望我能快速讀完，各自也拿起石板閱讀。

……可以，我是真的沒法。

光字就看不懂了啊喂！

石板上使用的不是通用文字而是幻水魔的魔族文字，夏碎學長也可以慢慢閱讀，但這個我真的無法，黑色種族的文字雖然選修過一點，不過沒偏門到去選幻水魔單一族的魔系文字。

這些人是哪來的時間選偏科啊！

於是我只能等他們先看過再總結要怎麼講。

幸好旁邊還一個在吃點心的流越和我一樣無所事事，但我覺得他不是看不懂，他只是看字不方便，要刻意用術法在腦袋裡描繪，既然現場有其他人在看，他就閒著啃東西。

「那麼，我們就先從幻水魔爲何會被追殺並舉族遷至妖靈界的具體內容開始說明吧。」

羅貝斯特彈了下石板，正式開始今日重點。

※

最早時候，幻水魔並不像現在這麼講道理。

按照羅貝斯特本人所說，早期幻水魔更加各自爲政、佔地爲王地亂拖人，如同先前說過的，除了小市集群聚著一些人以外，只有大事發生才會聚集在族長棲息地。

不過因爲生活在大海，而數千年前自由世界的海域還是屬於白色、由水族與海族統馭，主要都是海族出面，所以幻水魔們雖然有點少根筋，多少還是會看海族臉色玩樂，每每把人溺到一半看見海族人趕來，就會馬上逃逸，事後有種族找海族抗議時，海族也會轉教訓幻水魔。

然後幻水魔屢教不改，依舊繼續淹人玩。

對於這種行徑，海族是睜隻眼、閉隻眼，畢竟大海裡更多把各類生物和商船當飼料的種族、海獸出沒，只是淹著玩、會放手讓受害者生存率較高的幻水魔，只算小意思。

這當中就有一名幻水魔經常出入在一片古戰場附近的海域，因更久遠前的廝殺慘烈，雖然戰場周圍經過整頓並且封印起來，但濃厚的怨氣與血腥久久徘徊不去，沿海地區遭到污染，一般白色水系種族不太喜歡在此棲息，所以這位幻水魔在這一帶據地爲王了許久，都沒有被「同行」驅逐，甚至如魚得水，時不時就可以撲幾個冒險者下海。

幻水魔的名字已經被抹滅。

「可能被追殺時遭到詛咒，名字沒有留存下來。」羅貝斯特補了句。

這位無名的幻水魔疑似就在那片海域遊樂了很長一段時間，直到有一天他拖了一個鬼族下海，結果意外發現鬼族淹不死。應該說，被抓的鬼族奇異地不吃幻術，所以保護術法沒有解除，被按進海底流沙都沒有淹死，甚至連水都沒嗆一口。

後來鬼族看幻水魔淹不死人，就跑了。

幻水魔因此受到打擊，感覺自己的幻術受到嚴峻挑戰，只要是幻水魔都不能忍，接著開始每天徘徊在海岸邊，試圖再找到那名鬼族來沉海。

「有部分是族人按那位幻水魔的話加以猜測的，但依照幻水魔的習性是非常可能發生的事。」羅貝斯特把刻有幻水魔的石板放到大家面前。雖然名字沒有留下，幻水魔的模樣倒是留了些描述下來，後來對歷史有興趣的混血按描述刻了石板，畢竟讓幻水魔舉族遷移是大事，所以把「事主」模樣記錄下來也很正常。

無名幻水魔五官深邃，顯然與其他幻水魔一樣有一副非常好的外貌，光站著不要說話或動作時，肯定不會讓人想到是個喜歡淹人的魔族。

比較意外的是，鬼族的模樣也被復刻出來，就在幻水魔旁邊。

淹不死的鬼族是一名女性，乍看外貌讓人相當驚訝，因爲她沒有一般扭曲成鬼族時會出現異變的特徵，如同二十多歲普通女性，長相清秀柔美，甚至有些嬌弱、楚楚可憐的感覺。

沒人知道他們追追跑跑、淹來淹去之間發生了什麼，無名幻水魔也沒說，只知道最終那名鬼族被白色種族重傷，幻水魔拚死把鬼族搶回來，帶到幻水魔首領居住處請求保護。

後來首領與無名幻水魔深談後，竟然眞的提供庇護所讓兩人留下，並大舉召回在外的幻水魔們，期間幻水魔不知舉族幹了什麼，記錄上沒寫，被刻意歷史斷層了。

但緊隨而來的是「白色種族」屠殺，怪異的是幻水魔在此一役異常團結，一反平日玩樂至上的習性、幾乎沒魔逃走，全族合力抵抗外來攻擊，幻水魔因此死傷近八成，最後該名鬼族被殺得屍骨無存，甚至抵禦的幻水魔也全被抹殺，連點灰都不剩。

「『無名』呢，也在那堆灰裡面。」席娜懶洋洋地開口，柔媚的眼神看向那塊繪有面目的石板：「和那名鬼族一起，但鬼族的名字倒是留下來了，只有首領才知道。」

「爲此我們去求了首領好幾次。」羅貝斯特彎起微笑，抬起手，手掌上出現一塊名片大小的薄石片，「首領說，只有妖師才能看得到。」

哈維恩接過石片，轉身遞給我。

石片上確實有一抹鬼族氣息與魔族的封印力量，不過沒有殺傷性，是很普通的遮蔽術法。

我消掉上面的術法，那裡緩緩顯露出一個名字。

——千眾忘塵。

「忘月姊，這魔龍看起來受傷了，您要將他帶回治療嗎？」

黑火淵下，魔龍記憶中的那名女人後面走出兩名女性，同樣帶著溫柔款款的語氣與神情。

魔龍的情緒在我腦袋裡震動。

我按了按額頭，把石片遞給學長等人。

「三萬多年前，妖師分族、千眾一族黑火聖靈大祭司千眾忘月的親族幼妹，千眾忘塵。」

聽見魔龍的咆哮，我把那位鬼族的身分告知大家，內心非常感嘆。「如果當時百塵屠族時沒有留下活口，那麼這位先祖很可能是瀕死時轉變爲鬼族，而後才又恢復意識，不知道用什麼方法留滯在古戰場附近。」

問題在於幻水魔遇到忘塵是幾千年前的事情，當時千眾已經被滅殺很久了，百塵也早被本家連根拔起，這麼一來會追殺千眾的「白色種族」又是誰？爲什麼要連帶把收留千眾鬼族的幻水魔屠殺殆盡？

「很可能是追殺你們的那票人。」哈維恩提醒道。

喔，重柳族的獵殺部隊，那就很可能是了，找到一大群魔族又內含千眾鬼族，按他們的性格當然得全都殺光。

果然，伊多對這個猜測表示正確。「雖然當時留下的記錄較少、也很匆促，不過可以確定來的是白色種族的獵殺隊，其中有重柳族，因爲幻水魔首領見到有人撕開空間而來。」頓了頓，水妖精繼續說：「不過讓人質疑的是，白色獵殺隊到來時殺氣沖沖，好像遇到了什麼令人憤怒的事情，因此獵殺隊咬著幻水魔不放，執意要將所有魔系水族殺盡。」

「殺氣沖沖嗎……」夏碎學長支著下頷，「有引路？」

「很有可能。」學長點點頭，「古戰場附近通常有人留守，或許有其他存在注意到千眾鬼族。」

另一個問題來了，當時千眾忘塵與無名幻水魔究竟向首領說了什麼，以至於讓幻水魔整族咬緊牙根也要包庇他們？

要知道幻水魔是個很脫線的魔族。

我對已經先整理過相關歷史的羅貝斯特和伊多發問。

「這個我們也找不到記錄，當代的幻水魔首領沒有留下隻字片語。」羅貝斯特搖頭。「他只帶著殘存族人避入妖靈界，然後更改族印，不再引起白色世界注意。」

雖然魔族壽命很長，不過當年的首領也掛了，無法問本人詳細。而且根據刻意斷層歷史的做法，很可能首領就是故意不把這件事情留存下來，按他們換族印來看，要躲避追查或是防止內情曝光的機率最高。

甚至當時被滅族很大原因是有族人也知道千眾鬼族帶來的祕密，直接被滅口。所以他們才要改族印遷移、斷去記錄，避免下一代知情後又被滅殺。

「雖然歷史沒有給予解答，但有留下點東西。」提早向現任首領打過招呼，羅貝斯特取出一個黑木盒交給我。

現在對這種木盒我有點陰影，很怕拆出來又是那種黑色碎片。

幸好不是，解開黑色術法的封印後，裡面是很多大大小小的布料碎片，幾乎塞得滿滿的，剛剛一打開還掉了幾片出來。

撿起碎布塊，上面附著一層黑色力量，但僅僅只是附在上面，沒有任何動靜，再拿幾片出來，全都是空白的，不知道是什麼意思。

我試著像剛剛用妖師的力量與上面的附著共鳴，還是沒反應。

幾個人都分了一片布塊，各自使用方法，同樣無果。

「這是拼圖術法。」唯一沒嘗試的流越端詳了一會兒才開口：「要完整拼起一塊才能解開。」

怎麼聽起來這麼耳熟？

啊，那個奇怪的黑色碎片也是要拼起來才知道是什麼鬼。但那個碎片是整個沒力量感，與這個又不太一樣。

稍微翻了翻，布料光材質不同的就有約莫十種以上，但看這個數量，我很懷疑並沒有全都在裡面，要傳給白陵然我又隱隱有種感覺：這玩意最後會和碎片一樣都丟到我頭上。

「我們順著殘存的記錄回到幻水魔當時幾個舊地，因為地形變遷，周遭變化有點大，古戰場依舊被封鎖，但有幾處術法比較鬆脫，可以稍微探索，只是無法接近當時戰事中心，按周邊一些痕跡與所知的歷史記錄來看，判斷可能是妖師分支。」伊多把布塊交還給我，略提了他們回守世界蒐集線索的事情。

當時無名幻水魔的海域早就被清理乾淨，舊時住所連個輪廓框都沒留下，海岸線後退變成一塊淺水域，偶爾會有些海族在附近玩鬧。

幻水魔的首領舊地維持焦土的模樣，當年與獵殺者互相廝殺時用了很多魔系術法影響土地，當地的克利亞無法消化魔氣，所以避開那部分，造就焦地寸草不生，仔細找找還可以找到一點幻水魔古代住所的地基殘骸。

他們走過古戰場邊緣與術法衰弱的地方，撿拾到一些兵器殘骸和碎裂的生活器具，上頭還有未消失的黑色力量。

「根據水鏡指示，還找到這些物品。」伊多再次拿出個盒子，這盒子倒是很明顯屬於水妖精的，盒身上有一圈水妖精的祝福文。

打開一看，裡面擺著幾顆珠子，有的圓潤有的破損，已經被清洗乾淨了，黑色的珠身裡有著金粉般的光澤，珠子都有穿洞，看來是一件飾品或手鍊，其中一顆隱隱有著半個紋路，正好就是我看過的千眾家服飾上的部分圖騰。

現在幾乎可以確定千眾一族涉足過那片古戰場，但是不是被百塵屠殺的第一現場就不清楚了。

話說回來，那個黑火聖靈又是什麼鬼？

我突然想起上次介紹之後我好像沒有去深問，妖師本家我沒聽其他人說過有特別供奉什麼，這世界又太多奇奇怪怪的信仰，所以當初乍聽見時沒太多感想，現在猛一提起突然意識到妖師家有這個玩意嗎？這也不像是形容陰影，甚至還設立了大祭司，那就表示千眾一族非常熱衷崇拜這個聖靈。

想了想，我把疑問丟給腦裡的魔龍頻道。

果不其然，同為三萬多年前的老人龍很快回答我：「千眾供奉黑暗四元素聖靈，其中一個。」

字面意思，理解了。

與千眾部族有關的古戰場勢必得去走一趟。

羅貝斯特和伊多等人把整理好的石板拓印交給我，讓我稍後帶回妖師一族處理。

「再來是關於血靈一事。」

桌面上的石板隨著羅貝斯特改變話題而跟著飄起，接著換上一組新的，這次數量極少，就兩、三片左右，學長等人很快看完。

其實和西穆德告知的差不多，只是這邊藏匿黑石碎片的幻水魔有名字，而且這位幻水魔竟然是無名幻水魔的後代。

「和千眾鬼族？」我瞪大眼睛，沒想到幻水魔連鬼族都可以混血。

「不，是幻水魔。」羅貝斯特立刻澄清。「他原本有妻子，但是妻子在一次拉人下水中不小心拉到英雄冒險者就被殺死了，小女兒生活在別的水域，被屠族時沒有回來所以躲過一劫，後代們陸陸續續有混血或純血。」

眞是個悲傷的故事，雖然我不是很懂。

「該幻水魔後代叫奇托，我們把他的水域朋友架過來問才知道，奇托跑去自由世界旅行，在白色種族的水域嘗試將一名冒險者按到水裡時不知道發現什麼，隨後消失一段很長的時間，再出現就已經與血靈同行，血靈執行的是他們一族的任務。」羅貝斯特說著看向西穆德，後者點頭表示無誤，他便繼續說下去：「之後他的水域朋友就與他失去聯絡，再來聽見的就是奇托死亡的消息。」

所以說把朋友架過來是什麼問話方式？

我狐疑地看向伊多，水妖精咳了聲，但沒有打算解釋那一句怪怪的用詞。

這事情也只有這樣，沒人知道幻水魔奇托消失的那段時間去了哪裡，無從追查起，畢竟兩名當事人都掛了。

「那名冒險者淹死了嗎？」學長突然出聲：「你說『試圖』，那麼冒險者呢？」

羅貝斯特突然笑了下，他可能還滿喜歡玩這種聊天找線索的遊戲，整個魔看上去有點愉快。「我和伊多嘗試去找過那名冒險者，翻了很多當地記載。」

「我和雅多也有一起找好嗎。」被省略的雷多發出抗議。

無視雙生兄弟那邊的發言，羅貝斯特很自我地繼續說道：「那名冒險者沒死，他掙扎之後逃掉了，後來在附近接了當地冒險團的任務，消滅一些災害生物，所以有記錄在該地冒險者公會的文書裡。幸運的是，回公會發布尋人任務後，發現這位冒險者還活著，不幸運的是，這位冒險者因爲年輕時中過太多詛咒已經老年痴呆了。」

言下之意就是還是問不出來當時發生什麼。

「這世界的老年痴呆不能治嗎？」說眞的，我還以爲他們不會有這種病症。

「詛咒造成的就很難。」術法擔當的大祭司流越如此回答。「主因不是退化病變，是詛咒。」

好吧那就無話可說。

看來唯一的線索也掰了。

「不過找到一份他冒險時所使用的地圖。」伊多取出一卷非常老舊的羊皮卷，上面有一些保護物件的術法，所以幾百年後這卷地圖仍保存得很好，攤開後文字非常清晰，使用者走過的路徑與一些重點上頭都有筆記。

我們圍在地圖旁看了一會兒。

這名目前已經痴呆的冒險者走過不少地方，但路線有點重複又單一，從地圖上看來他似乎多年來一直反覆走著相同路線，少有開發新路線的時候。

「這是一位巡守者。」夏碎學長在地圖上點出幾個位置。「這些地方都有種族或公會據點與哨站，巡守者通常基於某些目的會自行在特定的地方反覆來回，同時確定路線安全。」夏碎學長後段的解釋是刻意講給我聽的，現場大概只有我不知道。

看不出地圖上有什麼特別需要注意的地方，哈維恩拿出了他做的那份立體地圖，把眼前這份冒險者地圖編入地形模擬裡，如果之後我想要再看就可以查閱。就在立體地圖貼上新的路線和附註時，學長立刻喊停，然後示意大家看看巡守者的路線。

沒比較不知道，哈維恩的立體地圖上原本就有一些標記，例如之前得到的古地圖和鬼族密集攻擊區等等，現在標記出巡守者的路線後，居然是徘徊在古代人類一處駐點附近，路線軌跡的底下正好是一條廢棄脈絡。

乍看之下似乎與幻水魔奇托的行動沒有什麼關聯，但通常出現這種狀況就是檯面下很可能有不為人知的關聯。

「這條是新生脈絡，當年初生之際被污染，隨後萎縮失去生機，因此被廢棄。」哈維恩顯然了解過自己地圖上面出現的各種標記，很快地解釋：「現在住在其上的主要種族是人類與妖精，應該是聯手看顧廢棄脈絡與附近的遺跡。」

學長與夏碎學長互看了一眼。

「我會想個理由請醫療班與情報班再去看看那位冒險者，說不定能想方法得到些訊息。」夏碎學長開口：「畢竟那裡有廢棄脈絡，也是鬼族近期的攻擊點之一，或許由公會出手真能找到些什麼。」

這點大家倒是沒有異議，羅貝斯特和伊多等人都是私下調查，當然不如公會有資源深查來得方便。

那現在我們的重點依舊擺在與千眾相關的古戰場了。

幾個人沉思之際，那邊的流越也把茶點吃乾淨。

從頭到尾沒有說幾句話的大祭司這時轉向幻水魔長老，緩緩地發出詢問：「那麼，幻水魔的立場爲何？你們首領邀請了妖師與血靈，又將古戰場一事透過小輩們告知，按照我對幻水魔的了解，你們不可能毫無所求。」

席娜勾起紅唇，微彎的眉眼有點狡猾的味道，似乎剛剛我們在聊那些對她來說其實都不是要事，她只是看著小孩們玩耍而已。「您倒是很明白我會在這裡的原因呢。」

「孩子們支付不了幻水魔的渴求，妳說來讓我聽聽吧。」流越抬起手，制止伊多那邊的動靜。「進來時我就注意到了，幻水魔在妖靈界的住所雖然看似穩定，但你們在水域玩樂時很快就放棄目標，這與幻水魔的習性不太相符。」

「雖然只是想找妖師首領嘗試看看，不過有位明事理的人也不錯呢。」席娜以指尖在桌面上輕點了兩下，原本吃空的茶點盤子上再度裝滿精緻的小點心，熱騰騰的香氣二度溢散。

「你們很有禮貌，事先就把線索與歷史分享給水妖精，應該是抱持著妖師做不到也沒關係的心態，這麼一來我也不能視而不見。」流越歪了歪頭，道：「畢竟我欠妖師很大一份人情。」

他這樣說我就不好意思了，因爲從孤島出來後，流越至少救了我們大概快要一百次命吧，眞的要說人情也早就還清，反倒是我欠他的還比較多。

應該找個時間跟他說清楚。

那邊的席娜已經再度開口：「既然如此，我就嘗試說說吧。幻水魔其實不太喜歡住在妖靈界，長久以來這些魔族看也看膩了，動輒就是血肉模糊的，我們只想玩呀。」

「所以幻水魔想要回自由世界定居，然而又擔心會引起獵殺隊的注意，再次引來屠族。」流越接續下文：「雖然已經過了許久，並且時代更迭，然而發生過的事很可能還是會再發生，即使小孩們並不瞭解當時鬼族帶來什麼。」

「是的。」席娜很爽快地點頭。

「雖然身在魔族，但幻水魔依然繼續與其他種族混血，如羅貝斯特這樣新的一代是與海族交混，這就表示幻水魔私下回自由世界的舉動其實很頻繁，想必首領早就找到心動的新住所。」流越停頓了幾秒，似乎對這要求沒感到特別詫異或爲難，只是點點頭：「所以那些搬遷雜事並不用外人擔心，但幻水魔們除了天生幻術高超，其餘能力並不特別出色，大敵來臨時一旦幻術被破，幾乎就是被屠的命運。白色種族不會主動出面協助你們，要聘僱足以抵擋獵殺隊的高階法師或陣法師又需足夠的酬勞，所以你們原本是想借用妖師一族的力量來確保新居住地的安全。」

「沒錯，我們需要一個不會隨隨便便被屠殺的保障，不要求絕對無敵不破，但至少可以讓我們有更多逃命的機會。」席娜笑容眞誠許多，「雖然我們是魔族，但更喜歡自由世界的空氣與水。」

原本以爲流越可能要思考一下，畢竟這種要求事關重大，但沒想到大祭司竟然很快就點頭，並給予正面回覆。「我可以直接答應這個要求，防禦大結界原本就是月守眾的擅長，如果只是幻水魔首領駐所，或是上面城鎮的規模，那沒太大問題，但所需材料你們必須自備，我會給你們清單。」

「沒問題！」席娜大概沒想到這件事居然會如此簡單被答應，原本的穩重姿態透露出無法遮掩的狂喜，就連一旁的羅貝斯特都非常高興。

「嗯，那等各位集齊物資後，我隨時可以著手製作。」

這次的談話，大體上來說雙方都相當滿意，我們得到線索，幻水魔得到未來新小鎮的數個超大型守護結界。

後來離開妖靈界時我問了爲什麼流越會這麼乾脆答應，畢竟對方可是魔族，還會把人拉下水溺死。

流越是這麼說的——

「白色種族中流傳著很多水系魔獸、幻獸、種族……例如人魚或鮫人等等，在海上殺害生命的事蹟，這就像陸地上的種族也會以其他種族、包括水域種族等等爲食，情節惡劣者會虐殺。但你在認識幻水魔之前，應該很少聽過幻水魔在水域殺人的傳聞或故事，這就表示他們將生命拉下水玩時，死亡率其實很低，低到不怎麼被在意的程度，甚至這麼久了也很少聽見白色種族討伐幻水魔，反而是在我那個年代，白色種族抓幻水魔去賣的消息還多一點，更別提幻水魔能與白色種族通婚至今。」

「因此，就算幻水魔是魔族，卻也是此世界被承認的一員，他們有選擇住所的自由，也有繼續在水域徜徉玩樂的自由。」

「所以，這樣的舉手之勞，我並不介意幫忙。」

第八話　遺骨

我們在幻水魔族留了一晚。

早先伊多三人來探路過，所以這裡保有一處首領下令專爲白色種族建立的住所，方便他們查找歷史時可以留宿，減弱妖靈界對白色種族的影響。

現在因爲流越願意替他們製作大結界，這個住所幾乎進一步華麗了起來。

不知道幻水魔們去哪裡搞來一堆裝飾和食物，堆得整大廳都是，一進門就是濃郁的各種食物香氣，沒沾染上一絲妖靈界的魔氣，異常新鮮。

流越很快被奇形怪狀的食物吸引走了。

哈維恩和西穆德在確定住所安全後，表示想去上面的詐欺市集，那裡有引起他們興趣的物品，雷多自告奮勇地充當響導，拽著羅貝斯特一起去當導遊，四人就這樣先行離開。

學長、夏碎學長和伊多有其他事情要聊，於是也暫時離開。

偌大的空間裡，居然就剩我、雅多，以及在拆食物的流越。

下秒聞到燒烤的味道，抬頭就看見流越把我買給他的那些烤肉拿出來，竟然還熱騰騰的，特殊香料的氣味非常勾人食慾。

「一起吃。」流越對我和雅多招招手，又挑了幾樣幻水魔們送來的食物，一旁的水妖精立即起身去泡茶水，沒多久我們還眞的三個人圍在桌邊吃了起來。

我看了看雅多，不知是否我的錯覺，從水妖精據點會合那時，我就一直感覺他好像有什麼心事，話也變少了，剛剛居然沒與雷多一起出去，但他平常好像也是這樣，看不出個所以然。

隨便問他好像也怪怪，畢竟他沒有主動說什麼，萬一人家沒事呢。

「你是不是心情不好啊？」

一片寂靜中，流越突然對雅多發出詢問，完全沒有修飾，直接問出我正在思考的事，把我嚇了一大跳。

雅多原本正在吃一塊白色的點心，差點嗆到，那張萬年冰塊臉跟著出現裂痕，因爲他與流越不熟，馬上一臉問號地看向我。

「呃，所以你心情不好嗎？」我只能順著流越的話開口。

先把手上最後一口食物吃掉，雅多遲疑了幾秒，緩緩地點了下頭。「只是一點小事。」

「你們之前在幻水魔這裡有什麼不愉快嗎？」我想想應該和雷多無關，畢竟在水妖精據點那邊，兩兄弟行動時沒有看出什麼怪異。雖然可以看出他們不太喜歡羅貝斯特和伊多頻繁接觸，但沒有暴起阻止，在席娜處觀看石板時，他也對席娜謹守該有的尊重與禮儀，這麼一來，只能猜測可能是在妖靈界中有什麼不如意的事？

雅多搖搖頭，解釋道：「是在古戰場採查時，我被附近藏匿的魔獸襲擊，雖然是小傷，不過雷多也受傷了，沒告訴伊多。」

這不意外，我之前和他們一起亂跑的時候，他們倆也經常心電感應受相同的傷，每次都要在外面喬裝成無傷的樣子才回去。

「以前就曾經想過……是不是該找一個方法，把這種連繫隔絕掉。」雅多無視我驚愕的目光，淡淡地說：「異靈頻繁現世，再怎麼努力對抗，依然無法抹滅這世界越來越多邪惡入侵。伊多的水鏡同樣不斷有警示，在終將一戰的未來裡，這種連繫會成爲很致命的存在。所以我在想，即使短時間也好，必須要找到那個方法。」

雖然可以理解雅多的顧慮、且他的想法也很合理，但我總覺得雷多知道後會超生氣，不會像現在這麼開心帶人去逛街。「你是不是還沒問過雷多的意見？」

雅多點頭，眉頭微微蹙起。「我不太想告訴他，他會反對。」

「呃……」這是人家雙生子的事，我不太方便講什麼，畢竟站在雅多或雷多的立場，他們各有各的想法，沒有絕對的對錯。

幸好雅多沒想從我這邊得到什麼建議，他沉默了片刻後轉向流越：「羽族的大祭司會知道可能的方法嗎？」

根據雅多所說，公會那邊能查的已經查過了，要斬斷他們這種特殊的血緣連繫方法是有，但必須兩人同時進行，且過程有點複雜，他不希望雷多和伊多知道這件事情，所以無法向公會申請協助。

「你的需求比較像是想要進行遮蔽，在你受傷當下阻擋特殊血脈天生的連結，不傳遞到半身那方，斬斷反而是其次。」流越指出了雅多所求的重點。「根據我知道的，你們兩位是由死亡誕生的血之子，所以因死亡而生成的連繫會比他人強烈很多，強行剝離非常麻煩，除了會造成一些傷害以外，還不可逆，對手足情感也會相當衝擊。」

「是的，這也是猶豫的部分原因。如果可以單向暫時遮蔽是最好不過，退一步的話，就是受到重大傷害時可以強制不讓對方感受到。」雅多這時有些小心翼翼地放輕聲音：「代價由我完全支付。」

流越這次思考了一小段時間，過了四、五分鐘才回答：「我排除了一些可用的術法，發現適合你的很可能其實是詛咒。」

「詛咒？」沒有因為那兩個字感到吃驚，雅多很認真詢問。

「嗯，詛咒親緣斷絕或是得不到救助的種類選擇很多，比起正規術法更容易操作。」給了非常規答案的流越在空中用黑色光線畫出好幾串看上去很不祥的符文。「製作完成後放入載體，需要時對自己釋放，但解咒時會比較辛苦。」

我覺得有點神奇，原來詛咒還可以拿來這樣用，不過想想也對，比起正經八百、千辛萬苦地隔絕血脈感應，詛咒得不到救援之類的快速又容易，還沒什麼限制，加上詛咒自己也不會傷害到別人……這我很有經驗，乍看之下似乎是個不錯的方法。

「然而詛咒並不是什麼好東西，雖然可解咒也可找副作用較小的咒文，但很容易在靈魂上留下創痕，無論如何都必須花時間休養，如果不到萬不得已，我認為不可隨意使用。」流越停頓了片刻，公頻道的聲音變得略微嚴肅：「以及，你最好還是與你兩位兄弟商議這件事情，不管你是基於什麼理由想要自己承擔，他們都有知情權。」

雅多垂下眼，安靜了好一會兒才低聲說：「我再想想。謝謝您的提供與意見。」

我看著雅多，有意想勸他幾句，不過因為知道他的擔憂，所以不好隨便開口，只能在心裡嘆口氣，希望他可以好好地與雷多、伊多談談這件事情，否則恐怕會非常傷感情。

花了些時間聊完雅多的憂慮，出去逛街的其他人差不多也在這時候返回。

幾個人身上都帶了點東西，看樣子收穫還不錯，西穆德竟然還買了一個五顏六色、很花俏的擺飾回來，據說是要給西瑞的伴手禮。

不得不說，這位血靈莫名很面面俱到，撿寶物也是，記得買伴手禮也是。

這天到深夜各自回房前，雅多還是沒有向兄弟們坦白。

就這麼度過了一夜。

※

翌日一早，我被米納斯弄醒，梳洗完畢來到大廳，就看見不知道有沒有睡的學長和夏碎學長已經在廳內。

既然決定去古戰場，今天要做的事就是先揮別幻水魔，經由公會通道回我們的世界，然後前往古戰場一探究竟。

「……你們休假還想過勞死嗎？」根據兩人的穿著，我覺得他們沒睡的機率比較高。

學長抬起拳頭，我連忙往後退好幾步，躲開有效攻擊範圍。

夏碎學長笑了下，比較友善地開口：「我們在製作一些必要用品，雖然有流越，但還是盡量不要太麻煩大祭司。」說著，他把旁邊矮桌上的盒子打開，讓我看見裡面製作精良的整疊靈符，筆跡明顯就是學長和夏碎學長所有。

常常都拿別人成品的我感到心虛。

很快地其他人陸續出現在大廳，從廚房冒出來的哈維恩把昨天幻水魔準備的食品加熱或加工，做出整桌豐盛的早餐與口糧，幾乎沒浪費那些食材。

之後在羅貝斯特帶領下回到外頭的轉送點，公會通道也準時打開，將我們一大群人送回守世界水妖精據點。

因爲須回報公會，所以我們停留了一小段時間，我也趁機把幻水魔那邊遇到的事情報告一份給白陵然，附上哈維恩整理好的資料，接著再把得到的布料等物傳送給妖師首領。

果不其然，重新出發之前，白陵然又把那盒布塊丟回來給我，很靠杯地要我暫時保管，我只好再拿給哈維恩。

隨後送走公會接應的人，就輪到伊多與羅貝斯特開啓古戰場附近的傳送陣法——幸好他們已經去過幾次，設立了座標，所以不用再迂迴跳點傳送。

根據他們幾個先行者的探索，古戰場範圍非常大，幾乎有一座大型城市的規模，周邊土地被夷平，方圓百里內暫時無其他種族居住，主要戰場被好幾個封印結界覆蓋，難以破除，但最外兩層有不少因經久時間而鬆脫，被各式各樣探查者擊破的缺口，目前可知那些缺口裡沒什麼特別的物件，頂多就是伊多他們撿回來的那種小物品。

不知道實際上是怎樣的內層，流越也得到現場觀測才知道。

「公會有記錄這個古戰場嗎？」我看向學長和伊多他們，有感這些人應該都已經洽詢過公會資料庫。

「有的，不過封存在機密檔案內，並沒有載明是屬於哪個種族的戰場。」伊多柔和地大方解答：「可能得黑袍出面調閱。」

黑袍的學長嘖了聲：「一樣，沒載明，但是有禁止隨意解開封印的警示，所以不曉得裡頭是什麼。」

……

……所以我們去解開沒問題嗎？

我突然覺得眼皮跳了幾下。

「我們可以按常規請公會協助安全解封。」夏碎學長給了一個比較正常的建議，然後話語一轉，又變得不正常：「不過自己打開會比較快，冰炎也時常直接打破封印，再叫公會來收爛攤子。」

「……爲什麼要扯上我？」學長回過頭，瞥了眼夏碎學長，表情有點無言以對。

「因爲有很多前例可以讓褚安心一點啊。」夏碎學長笑吟吟地回答：「爲了省事不通報公會，直接暴力拆卸，讓身爲搭檔的我在某段時間跟著一起賠償不少東西呢。」

學長是打破很多警示封印嗎！

也對啦他都會砸人家古蹟，這世界的古蹟肯定都有結界啊，不先打破結界怎麼打破古蹟！

我恍然大悟，眼皮也不跳了。

有個比我破壞更多東西的學長在前，突然覺得壓力驟減，可以心平氣和地看他們拆結界了，果然還是有學長在身邊比較好，不然前陣子我開了很多副本，達成的破壞指數讓我都有點良心不安！

「褚。」森冷的聲音飄過來，彷彿地府傳出的遷怒之音。

「我什麼都沒想！」連忙繞到哈維恩的另外一側，讓夜妖精成爲完美的停火線。

原本站在比較前面的雷多興致勃勃地湊過來，「所以待會兒要一起拆嗎？前幾次我們過來時只去了破洞處，還沒動手拆過！」

「先不要！」爲什麼這些人每每提到搞破壞都格外有精神！

短短的幹話時間，傳送陣法將我們安全送到一片鳥不生蛋的乾枯沙地上。

不知道是因爲此處曾爲戰場或有其他因素，彷彿要襯托這片無生命的土地，整個天空也是偏暗的顏色，沉重的烏雲幾乎要壓到地面，帶來令人不適的壓迫感，可見範圍內全是灰黃色的霧氣，給人好像口鼻都會被堵住的錯覺。

雖然是在外圍土地，但一到達現場，我仍舊感覺到極為濃重的死亡氣息，不僅有古戰場遺留的戾氣，更多的應該是經年來數不盡的東西死在這裡累積出來的，有的已變成灰黑色的細霧，似有若無地飄蕩在灰黃色的濃霧裡，帶著隱隱惡意。

一行人身上的守護術法因應環境各自運行，那些灰黑霧氣無法纏繞到我們身上，很遺憾地又在沙地上散開，漫無目的地等待下一個獵物的到來。

我猛地頓了下，正好對上哈維恩的視線。除了霧氣，我還感覺到很細微的「聲音」，詭異的是，竟然沒有黑色氣息或者相應的扭曲力量。「有鬼族。」四面八方傳來許多低階鬼族無意識的碎碎唸，大多都是想殺人或是想吃。

其他人立即有所反應，手上都多出武器，警戒著前進。

即使伊多等人來過，但在這種可以消除鬼族氣息的濃霧裡，他們莫名也失去了方向，竟不知道前往的路徑怎麼走。

「請小心跟好。」羅貝斯特終於展現了一點他身為紫袍的能耐，只見幻水魔驅動了力量，不知用了什麼手法，那些灰黃色濃霧摩西分海般往兩側捲去，分開了一個通道口供我們通行。

「霧裡除了鬼族還有魔獸。」雅多這時輕輕提了句，其他人聽起來大概只覺得是提醒，不過我和流越想到昨晚他的憂慮。「小心點。」

水妖精的話很快應驗了。

我們剛走出沒多遠，霧裡面就衝出一頭血腥味很重的魔獸，可惜姿勢還沒擺好就被學長一槍貫穿腦袋插在地面上，秒死透。

修整過後的幻武兵器不同於先前我看過的模樣，現在整體呈現半透的冰色，上頭有白銀紋路，渾身散發陣陣冷氣，被刺穿的魔獸腦袋幾乎瞬間結冰，接著碎成粉塵。

……鍛靈後的兵器提升這麼多？

我見學長很輕鬆地收回長槍，一點也沒有用到本身力量的樣子，所以好奇發問。

「沒，這是我本身的力量。」學長把長槍橫到我面前讓我仔細看清楚。

長槍本體果然變了不少，紋路也和我以前看過的不同，冰霜的力量感詭異地很熟悉，還眞的與學長個人的冰系力量很相似。

想了想，我突然意識到這是不是和魔龍的小飛碟有點像？

「這是引渡型態，把我本源置入，可與幻武兵器融合使用。」學長的解釋讓我肯定想法。

「以前身體力量不穩定，無法這麼契合，就不能使用；鍛靈後進一步提升等級，正好與我現在的狀況可以很好地相互配合。」

「所以也有三種引渡型態？」我伸出手指，「冰、焰，還有草莓香草霜淇淋。」

學長直接往我小腿踢了一腳。

靠杯就開個玩笑而已！

我摀住劇痛的小腿，又繞回哈維恩旁邊。

看著散發冰冷氣息的幻武，我想到這裡面也是個靈魂，如同傳說中蘊含靈魂的消波塊。

沒忍住好奇，我又嘗試對學長提出兵器的疑問。

學長看了我一眼，又戳死一隻撲出來的魔獸，抽回長槍時才回答：「對，烽云凋戈也曾活過，而且與我一樣，是冰與炎的混血，本名與兵器名不同，但他認爲現在已經是兵器了，就該以兵器相稱，不願意被呼喚本名。」

雖然隱隱有猜到，但還是很驚人。

現場問了一輪，幾乎持有幻武的人兵器都曾經活過，看來如米可蕥那樣，兵器是天生靈體轉化的偏少。

「我們的也是混血，同樣與我們很像。」雷多指指收藏兵器的伊多。進入濃霧後他們沒有取出幻武，只用普通元素兵器作戰。「不過話比雅多還少，沒有生前記憶。啊對了，我們有預約你們學院的鍛靈者喔！其他學院也有很多人過去，你記得登麗吧，她們也預約了。」

看來接下來這段時間，萊恩和木栗師徒兩人得一起瘋狂爆肝。

後面小段路裡又衝出幾隻魔獸與低階鬼族，被眾人一一消滅後，我們終於來到第一處結界外層的破損點。

古戰場的結界非常巨大。

來之前雖然已經知道這件事情，但還是比不過親眼看到。

話說回來，見過孤島那種覆蓋整座島嶼的大陣，古戰場的城鎮規模好像又不算什麼了。

流越取出法杖，站在缺口前——大陣原本應該是隱入空氣中不會被發現，不過因爲壞損的關係，這個約莫兩人可並肩同行的缺口周圍出現許多繁複的圖紋與逸散的陣法能量，該是完美的圖紋殘破不堪，虛弱得幾乎快要消失。

從這些圖紋來看，竟然還有人曾試圖修復，沾黏在上頭的是很多各式各樣拼湊的術法，留下的氣息不盡相同，粗看可以分辨出來起碼有四個人曾出手修復，哪知道轉身之後又被破壞。

學長和夏碎學長也過去輔助，可能順便學習，還順手攜帶哈維恩。

羅貝斯特在周圍布下幻術圈讓那些魔獸鬼族不會立刻衝進來，先前他們四人來探索時也是這麼做的，所以幻水魔已有一套短時間阻擋的方法。

我看看好像不需要自己幫忙看守，就湊到學長他們身邊。

「這是時間種族的術法。」哈維恩看見我過來，小聲地告訴我：「主要是重柳族，封鎖結界光這個外層就有殺傷力，過往試圖破壞結界者應該死傷慘重。」

重柳族的話，那公會資料上會出現警示就不意外了。

我現在都擔心流越真的下手拆時，封鎖結界的異動說不定會直接傳遞給重柳族，然後又一群人跑來砍我們。

「可以闢通道，不須大肆破壞。」流越用法杖敲了敲那些破損文字，黯淡的圖紋居然很有禮貌地重新排列，把損壞最嚴重的部位優先排列出來。「月守眾以前與時族合作過一系列防禦陣法，這是其中一個，神殿中有相關藏書，是我們必定要學習的一環。我稍微修復基本構造，找到陣法核心後可簡易操作，後續其他相應的結界會比較容易破解。」

這種層疊的大結界通常都是連動的，如果掌握了一個，就可以牽動其他幾個，將可能出現的術法攻擊降到最低。

羽族大祭司只花了些許時間修復破損，很快地重新打開了通道。

如同伊多等人先前的探查，前兩層結界因年久耗損，所以很輕易就能踏入，我們真正被擋的地方是第三層，流越與學長、哈維恩幾人研究毫無損毀的堅殼，我則是與伊多他們去看之前發現千眾物品的地方。

應該是結界覆蓋的關係，第二層與第三層之間的空地雖然經過戰爭與時間洗禮，但留下的小物件比預期中多了不少，大多是被埋在沙土底下的兵器與生活用具碎片，我隨便撿起一個，烏黑近似陶器的材質，有點弧狀，大概是裝盛用具。

「你看這個。」雅多拿來幾片巴掌大的黑陶片，上面都有千眾的圖騰，有的完整，有的碎裂殘缺。

數量眾多的生活用品上有著圖騰，那幾乎可以確定他們曾在這一帶居住。

外圍是如此，內部呢？

陸續又找到了些印有圖騰的碎片就沒進一步資訊了，這裡並沒有圖或文字的記錄，只能確定經歷過戰鬥，所以我們開始往回走。

結界內的魔獸與鬼族很少，走了大段路都沒看見，可能被阻攔在外一層，再加上重柳族設下的結界被入侵會有攻擊術法產生，對我們來說居然還滿安全的。

流越等人仍在原位，我們正要靠過去時，第三層結界微微震盪了下，符文在空氣中展開，微光急速在紋路上快速流動，如同被驚動的波浪般不斷向外拓展

「再稍等一會。」流越聲音傳來，其他人已退到兩步後的旁側，看來工作全都告一段落。

我走向哈維恩旁邊，把剛剛撿到的陶片遞給他。

「上面沒有隱性術法。」很懂我的夜妖精快速掃視陶片，然後收起，等回去之後再分析陶片成分。

「附近沒有記載歷史的東西。」我聳聳肩，收穫只有那些小碎片。

「如果當時戰爭來得突然，人們由中心區向外跑，那麼在內部取得的機率比較大。」

哈維恩說的和我想的差不多，我們所知的千眾有自己的醫療與記錄體系，所以記載應該會放在類似神廟或祭司處，猛地受到驚嚇往外跑的人們多半是攜帶兵器，而那些日常用品的遺留，多半是原本就住在外圍的人所留下。

我們兩個各種猜測之際，第三層結界也讓開了一條路。

接下來就是伊多等人沒有進入過的地方……應該說，入侵者也沒進入過的地方，真正最堅不可摧的結界就在我們面前，雖然看不見。

流越法杖周圍纏繞著兩條細細的流光線，這是前三個結界的附著力量，接下來第四層也必須使用到。

「啊……」

情。

流越還沒說話，夏碎學長和哈維恩先皺起眉，一旁的伊多與羅貝斯特也露出有點困擾的神

個奇怪的圓圈。

羽族大祭司屈指在空氣中敲了敲，陣陣漣漪過後轉出一組超大的組合法陣，陣法中心有八

「喚醒陣法需要種族力量。」流越解釋後，我恍然大悟爲什麼第四層一直沒有被闖入，除了過於堅硬，還有它的謎之條件。

八個圈要有八個大種族力量，才能把陣法核心「弄醒」，進而解析。

我們點算了人頭，意外地可以勉強湊足大半。幸好圈圈沒有硬性規定一個人只能輸送一種力量，所以我們這些人翻轉一下本源血脈，就能獲得——

流越：羽族。

學長：精靈、獸王族。

夏碎學長：人族。

伊多：妖精。

羅貝斯特：海族。

我：妖師。

唯獨缺了一個時間種族。

「一定得滿八個嗎？」羅貝斯特挑眉，「換個方式說，一定得要時間種族嗎？」

「因爲是時間種族製作的術法，有時間種族比較安全，但根據上頭的符文，當初設下術法的人並沒有強制要古老八族，這點對我們來說非常幸運。」流越在空氣中勾勒個術法，看向羅貝斯特及不知何時出現在我們附近的血靈。「我們有作弊的空間，只要小心操作便可。」

幻水魔是魔族，血靈是後天形成的特殊種族。

考量穩定性，最後選擇血脈悠久、族群也較大的魔族，於是讓羅貝斯特再把血脈轉過來，在第八個圓圈填入魔族力量。

接著又是流越的破關時間。

沒多久，第四個結界在我們面前敞開，而且開門送大禮，幾隻大型魔獸迎頭撲來，後面還有幾個不知是不是關太久睡茫的，有點晃頭晃腦地轉了兩圈，接著才後知後覺跟著衝向我們。

魔獸重重撞在流越瞬間張開的大防護壁上，發出好幾個「哐」的疼痛聲響。

接著就是學長帶頭進行的消滅行動。

其後遇上的結界全都有八個圈，每通過一層就有大批魔獸出現，地上逐漸開始顯露一些被魔獸啃食過的骨骸，遭毀壞的骸骨已失去原本殘留的氣息，分辨不出到底是不是千眾一族。

最終，我們來到最後一層阻隔結界前，流越找到的術法核心周邊全是骨頭，人形的、獸形的，還有很淡的鬼族氣息。

流越將法杖抵在陣法前。

「準備好了。」

經過層層封鎖結界，我心中其實已經覺得這裡是千眾的據點無誤了。

一槍射死最後一隻魔獸後，我們才看清楚出現在濃濃血霧內的景物。

佔地廣大、本該生機蓬勃卻被全毀的城鎮，一眼望去可見之處竟然沒有一個完整的建築物保留下來，斷垣殘壁、完全焦黑，滿地都是灰白色的粉塵，這些粉塵似乎還固定在城鎮毀滅的那一日，隨著氣流飛到空中又像無重力的雨輕輕飄落，如此不斷循環，彷彿飄雪的玻璃球。

撥開血霧，我們慢慢地往前走，看著周邊什麼都沒有留下，除了建築物沒了，任何有望出現記錄的石板、壁面、雕像等物全都被毀得一乾二淨。由這點可見當時破壞的力道多猛烈，死於這場戰爭的一般居民當時內心不知多麼絕望。

這種城鎮原本的格局與大致分布是可以推測的，我們就這樣逐漸靠近城鎮中心，也是最有可能出現中央大廣場的地方。

最後我們也確實到達了大廣場。

一個，吊滿骸骨的巨大廣場。

焦黑的地磚無一完整，黑色如鋼的荊棘穿破地面沖天而出，帶著尖銳的黑刺在高空中互相糾纏交結，編織成堅硬又銳利的網蓋。在這張黑網之下，無數骸骨遭到處決般吊在荊棘上，無言地一晃一晃著，如同密集的人骨風鈴，碰撞時發出枯燥又悲哀的聲響。

不說我被眼前的畫面震懾，周圍其他人一時之間也發不出聲音。

大廣場的入口跪著一具人形軀體，從那裡散發出很淡的鬼族氣息，然而沒有生機，這個死亡的鬼族不知道為何渾身皮膚堅硬，像是石化般永遠維持這個姿態，異常地沒有如其他鬼族在死去後化為粉塵。

吸引我們所有人目光的是，這名石化鬼族身上穿著千眾一族的服飾。

千眾一族因為不善於戰鬥，被記錄的服飾大都是長袍或者醫師服，上面有著類似的圖騰，所以很容易辨認。

這是千眾化為的鬼族，即使石化死去，纏繞在它身上的怨氣、恨意與無法平緩的愧疚濃烈至今，不用哈維恩導讀，我都可以讀出飄在空氣中的那些殘留情緒。

它在對這片骸骨墳場永世懺悔。

「唔……」伊多按著額頭，背脊有點彎下，本來和煦的神色露出一絲痛苦。

聽見動靜的流越立即回過頭，單指按住伊多放在額上的手背，打開了一個小型術法。「不要被水鏡影響。」

我跟著回過神，連忙問道：「怎麼了？」

我們一行人因爲有流越的術法保護，所以這裡巨大又強烈的殘存死氣與怨氣並沒有接觸到我們，幾乎可以說除了視覺帶來的可怕造成心理不適以外，基本上不被周遭環境影響。

「水鏡在震動。」雷多兩兄弟一左一右扶住兄長，有點緊張。

哈維恩快速在原地清了一小片空地出來，覆上露營墊後讓雙生兄弟扶著人坐下。

過了好一會兒，伊多才有種好像緩過來的感覺，但面色還很慘白；與其說是因爲身體遭到影響，不如說這種發青的白是強烈情緒波動所造成。

「這裡……不是千眾一族……」發出乾澀的聲音，伊多難受地咳了幾聲，過了幾秒抬頭哀傷地往漫天枯骨看去，替那些早已無言的死者開口：「他們只是收留……收留最後的千眾……然後被百塵一族殺害……連靈魂都被屠盡……」

水氣在空中凝結，不安地在水妖精身邊扭曲轉動，似乎代表了那些亡者的痛苦。

「這裡是，汐水一族。」

伊多的話剛說完，米納斯的身影驟然現身在我們面前。

巨大的蛇尾從我身邊拂過，清澈的水流跟隨著靈體越過跪著的石化鬼族，一起停留在難以計數的枯骨前。

半晌，背對我們所有人的米納斯緩緩地開口：「這些遺體，全都是水族無誤。」她轉過身，臉上並沒有太多表情，給人一種她只是去確認那些白骨、沒有其他想法的錯覺。「有一、兩具應該是千眾一族。」

我感覺米納斯並不想現在回來，於是任她待著，米納斯似乎也沒打算深入，只飄在原處，短時間內應該不會亂跑。

另一邊伊多在流越的協助下明顯調適好了，被扶著重新站起身，再度看向那片密密麻麻的遺骨時目光依舊十分悲涼。「雖然靈魂皆已無存，但水鏡從這片死去的土地與……上窺探並推測到些許過往記憶。」

「這段往事，或許必須從汐水一族救下殘存的千眾族人說起……」

第九話　隱藏之物

這件事，必須從汐水救下千眾殘存族人說起。

眾所皆知，妖師三族各有所長，本家與百塵驍勇善戰，不論是心語或是空間能力都極為出色，然而位居醫療之重的千眾部族戰力卻極為弱小，就像是他們將畢生的心力都用在研究治療上，連戰鬥的天賦都捧出來與之交換。

昔日世界戰爭時，因千眾有獨特的治療手段及獨門處理黑暗影響與毒素侵蝕的方法，令各族或多或少都願意給予庇護，讓他們能專心致力於所長、拯救生命。

於是當百塵反叛、急速殺入千眾一族，輕易把這溫柔的部族以不可逆的方式完全摧毀，那些醫療手法竟絲毫沒能傳承下來，造成黑暗毒素再也無法治療，日後戰爭中鬼族暴增，扭曲毒素開始傳染，不斷啃食曾奔馳在自由世界的生命們。

千眾滅族後，人們一度以為沒有留存活口，卻沒想到其實有一小群人在重重保護下無聲無息地被送出，作為最後的火種留存。

這些人藏匿起自己的身分，在百塵瘋狂的追殺下逃入汐水，隱蔽地尋求保護。

汐水一族確實也提供保護了。

這份庇護卻在某一天，讓族長與大祭司悄無聲息地死於潛入的百塵之手，那日魔獸自空中驟雨般掉落，砸在每個沉睡的水族住處屋頂上，有些人根本來不及甦醒，在睡夢中就被吞食。

邪惡的火焰吞噬整座城鎮，只短短眨眼間，原本和樂溫馨的街市成爲地獄，貪婪的業火舔舐來不及逃走的生命，不論逃到哪裡，都是滿目瘡痍與痛苦哀號。

罪孽的黑色荊棘升起，堆疊如山高的死者被掛在中央廣場，另一部分的死者則是被火焰焚化成灰，灰白的顏色鋪散在破碎的城鎮地面，還有許多連殘軀都沒留下，全都葬身魔獸之口。

無法挽回一切、眼睜睜看著整座水族城鎮被屠滅，最後的千眾活口們於是瘋了，在憎恨中化爲鬼族詛咒世界。

令人難過的是他們甚至來不及找百塵報仇，追蹤百塵的重柳族晚到一步，眼見整個城鎮無法被拯救，魔獸與鬼族徘徊在火焰裡，重柳族只能抬起手，自空中投擲封鎖結界，將所有的一切都鎖在大結界裡，與外界隔絕，不讓裡面的重度詛咒與污染外溢。

該名重柳族並沒有離開，用盡力氣與生命設下繁複術法的重柳族最後殞落在中央大廣場，不知落在黑荊棘的何處。

如果不要用我討厭重柳族的偏見角度來看，這位用命製作大結界的重柳族確實令人敬佩。

時至今日，當時看來非常嚴重的污染，只要回報公會，應該就會像孤島一樣能夠慢慢排除，重見天日了吧。

這麼一來，就可推測千眾忘塵應該是慘劇中逃出的唯一活口，而當時她已經扭曲成鬼族，並用不爲人知的方式藏入深處，所以沒有遭到進一步逼殺，百塵大概也想不到她會在那麼多年後恢復意識，找上幻水魔族長，只好亡羊補牢，引來獵殺隊狙擊幻水魔一族。

「……太可悲了吧。」

羅貝斯特沒有參與四日戰爭核心相關事件，顯然公會高度保密很多事情，所以他對百塵一族的事沒有在場其餘人感受那麼深，但事關幻水魔，他依舊有點難以置信。「幻水魔被迫換了族印，躲著逃進妖靈界就是因爲這種爛事嗎。」

「不，有點奇怪。」學長凝視著跪在地上的石化鬼族，「按衣服上的紋飾來看，這是一位大祭司，他刻意將自己『保存』在這種地方可能有其他含意。」

「百塵不斷屠殺接觸過千眾的其他人也相當奇怪。」夏碎學長跟著說道：「他們深怕千眾一族治癒黑暗毒素，對世界抱持極重的恨意，但兩次殲滅千眾後分別過了百年甚至千多年，他們竟然還不惜一切屠戮汐水、幻水魔——我相信在這個過程中他們自己也會付出某些代價，即使這樣還是要殺盡接觸過千眾的生命，並且抹滅他們的歷史存在，這不像恨意。」

「害怕。」學長抬起頭，幾個人紛紛對視了一眼，大家心中全浮現相同答案。

百塵害怕千眾接觸到其他人，進一步來說，他們害怕千眾傳遞出什麼？

我突然覺得那一盒布料很燙手，千眾死都要把這些東西送出來，那就絕對不可能是普通關於族裡的雜事，而是一個巨大到讓汐水、幻水魔既庇護他們，又為此赴死的祕密。

碎布料的復原突然變得很急迫了。

這時一直沒怎麼出聲的哈維恩猛地抬起頭看向骸骨林深處，然後又看看跪著的石化鬼族。

「怎麼了？」我詢問皺起眉的夜妖精。我知道哈維恩進來之後一直持續在解讀這片死亡黑暗，可能發現藏在空氣中的線索？

「有個奇怪的聲音。」哈維恩側著腦袋，認真地傾聽對我們來說好像不存在的聲響。「那邊比較清楚。」

夜妖精指向骸骨林。

「說話聲？」我挑眉，不是說靈魂都被消滅了？

「不是，是音調。」哈維恩看了看我，似乎希望進入骸骨林搞清楚那是什麼。

「去吧。」抬手招來西穆德，雖然相信哈維恩的能耐，不過血靈跟著去我會更安心，畢竟血靈不受這種大量亡者的悲憤及死亡影響。

兩人很快攀上黑荊棘，一前一後消失在骸骨林裡。

這邊，流越在石化鬼族前蹲下，戴著黑色手套的右手在鬼族低垂的頭顱前張開，幾個符文跳躍在空氣間，微光映亮一小片石化皮膚與裂痕。

在羽族大祭司設下的陣地保護大結界內，其他人開始分頭行動，試圖找找這片土地上還剩下什麼。

我也循著地上可以感應到的黑色力量翻找幾處，發現都只是遺留的小物件與武器碎片，與在外層看見的很像，都是慘烈戰鬥後的痕跡，記錄的文字或圖案皆無。

走了一小圈後我又重新回到石化鬼族旁邊，流越似乎已經結束初步的檢查，支著法杖站起身。

「確實是個空殼，但將屍身固定不碎化的並不是本人，殘存的術法感不同。」流越用法杖敲敲地面，驟起的微風把鬼族周遭灰白色的粉末溫柔地吹拂開，顯露出地獄般的焦土，細細小小的光點自死亡的土地下掙扎著向上浮出。「時間種族。」

「那名重柳族？」這我就意外了，重柳族一直很討厭妖師和鬼族，石化鬼族根本是二合一，但這個重柳族居然固定了遺體？

「看樣子是，但隱藏在土地下的法術不回應我的引動。」大祭司有點無奈地用法杖底端撥撥那些碎碎的小光點。

「水鏡窺探的過往並沒有隱藏術法。」在原地休息的伊多走過來，雅多陪在他兄長旁，很快地雷多也快步衝回。

「應是有意識地被抹掉。」流越並不覺得哪裡奇怪，略微解釋了下使用隱藏術法時爲了不被敵人發現，使用者很常連自我記憶都抹除。

石化鬼族這裡看來一時半刻沒辦法有進展。

約莫過了兩、三分鐘，骸骨林深處突然點燃細微的光亮，那抹光開始移動，閃電形狀般好幾個轉折地往我們方向飆來，最後停留在入口處，整條光線一閃一閃的，附著在上頭的是哈維恩的力量感。

其他人全聚集過來，看著閃爍的長線。

「按照這個路線過去？」羅貝斯特提出疑問。

「嗯，跟著術法傳遞而來的是這個意思。」流越立即回答。

很好，哈維恩已經放棄用術法跟我溝通的可能性，轉而把暗號打給流越了。

「伊多、雅多在外面等嗎？」夏碎學長看著臉色還不是很好的水妖精，擔心深入可能會再被水鏡震動影響。

「我……」伊多明顯想跟著進去。

「在外面等。」雅多迅速截斷兄長的話。「雷多陪著，別讓伊多亂跑。」

雷多愣了下，有點狐疑地看了看雅多，不過還是點頭答應，畢竟他們兩個都比較憂心伊多出問題。

雖然遊蕩的魔獸被清理得差不多了，不過進入廣場中心前流越還是再次加固了陣地結界，多了幾層保護術法，確保伊多兩人不會遭到外物威脅。

踏入黑荊棘範圍時，米納斯還杵在原地，似乎沒有移動的打算。我想想她比我還要可靠，而且在外也和伊多他們有個照應，就讓她繼續留在她想留的地方。

黑荊棘與石化鬼族幾乎就像是一條分割線，我們進入黑荊棘的瞬間那種死亡氣息更甚，強到流越又覆蓋了一些術法，連身為魔族的羅貝斯特都微挑起眉，還下意識看向學長和夏碎學長、雅多，不曉得是不是想確認這三個白色種族有沒受影響。

很快地，我們就被術法外的變化吸引。

跟著哈維恩投射過來的光線走了一小段，隱隱好像可以聽見一點聲音，不是講話聲，而是「音」，就和夜妖精剛才說的一樣，是種音調，高高低低的，竟然還有點節奏感，然而斷斷續續的、很破碎，夏碎學長讓大家原地稍等，偏離光線走了幾步後，發現那種聲音就不見了，必須順著光走才能再度聽到。

光轉折形成的路徑有點長，我們走了一些時間，最後才找到深處裡的哈維恩與西穆德。

以及，在他們兩個腳邊的屍體。

我快步走向哈維恩。

只剩一具骨架的屍骸並沒有攻擊力，靜默地躺在原位，被覆滿一身薄薄的灰白色粉末。光線從這具屍骸爲起點，接往作爲終點的石化鬼族。

「你們聽見了嗎，音調。」哈維恩問道：「這是我與西穆德能找到的全部了。」

下意識回頭看了下來時沿路的光線，在密密麻麻的骸骨林與黑荊棘遮掩下，一路非常黑暗，以至於這條光非常明顯；順著這條光走來時若隱若現的聲音非常像是風吹過某些孔洞或物件形成的音調，忽高忽低、略有起伏節奏。

不熟音律的我都覺得那種聲音絕對不是自然而成，如果來個會寫譜的記錄下來，說不定還能湊成一首小曲子。

流越伸出手，在空中拉出排列整齊的樂譜，但並不完整，音符看起來有些零落，顯然少掉很多部分。「水族古調。」

「好像是殘篇？」羅貝斯特湊近看了一會兒，跟著音符哼了一小段。「幻水魔之間也有類似的曲子，不知何時開始流傳的，因爲曲調優美，有些幻水魔施展幻術時會哼唱。」

說著，這位魔族重哼了一次曲子，這次順暢許多，如他所說，是首頗爲優美的樂曲，大概也有幻水魔天生的魅惑嗓音加成，讓整首曲子聽起來相當平和舒服。

輕輕哼完音樂後，羅貝斯特有點遺憾地說：「雖然大略是這樣的曲子，但原本應該是有詞的，幻水魔之間並沒有流傳，海族裡也沒聽人唱過。」

「水中月哪，風中花，背井離鄉落誰家……」

輕輕柔柔的吟唱聲隨著那些斷斷續續的調子傳來，不知道什麼時候循著光來到我們附近的米納斯唱出與剛剛幻水魔很相似的曲調，不同的是這次有詞：「唱詩人哪，一捧沙，遠望故鄉難回啊。霧中影哪，火中芽，翻盡骸骨未見她。異鄉人哪，走天涯，鏡花水月墜晚霞。」

先不管米納斯爲什麼會知道水族古調，這首歌詞本身聽起來就不怎麼吉利。

溫柔低吟結束的同時，我們頭頂上的骸骨林突然整片整片地顫動起來，聲音也變得更加清楚，重複羅貝斯特和米納斯剛才都吟唱過的相同調子。

與此同時，躺在地上那具屍骸身下的焦土微微泛起光點，與外面石化鬼族那個打不開的隱藏術法相同，但現在卻對骸骨林傳來的連串聲響有了反應。

意識到古調可能是喚醒隱藏術法的關鍵，流越立即捕捉音調，重新畫出了陣法圖，中間穿插了古調歌詞，最後一字嵌入時，整個術法竟然開始急速變動，最後轉化架構成爲一面散發水藍色微光的術法陣，並且與焦土裡的光點相互起了共鳴。

致力消除所有痕跡的百塵大概死都想不到水族的古調裡居然隱藏了術法語，而且那些被殺害的水族人不知道是如何讓自己的枯骨可以透過氣流發出聲響，每具骸骨一種音調，只要找到正確的排列，就能從其中找出可喚醒隱藏術法的歌曲。

重新甦醒的小光點越聚越多，直到它們拼出一道發光的白色人影，這個人影半跪在地面遺骨的旁邊，發出沙啞的聲音。

「現在……現在可以了嗎……謝謝您……吾爲汐水族族長……已安全送出千眾望塵……希望水族的弟兄們能順利……接到……這麼一來汐水一族的滅亡……便有意義……吾已經將最後一部分……依照約定……埋入深淵的深淵……」

沙啞的聲音隨即連咳了好幾聲，可以聽見好像吐出什麼液體的聲音，接著又繼續垂死掙扎般的虛弱留言：「如果有後人留存……聽見……那麼取得最後盒子……永遠離開此死亡之地……看顧未來……吾等以死傳遞的……結果……」

白色人影說完最後這句，直接潰散回大量小光點，似乎盡完留言義務，小光點重新沉入焦土中，土地再度恢復為毫無生機的狀態。

似乎是擔心最後的遺言暴露出去，汐水族長的話相當簡短，不過有隱晦提到汐水族在滅亡之際留下了「盒子」，這也讓人想到我們取得的那個布料盒子。

還有一個嗎？

留言裡深淵的深淵又在哪裡？

我猛一回神，才發現米納斯已經回到手環裡了，完全沒點聲音，感覺她好像心情很不好，把古調歌詞傳達給我們後就不想說話了。

安撫性地摸摸手環，我抬頭看向神色各異的其他人。

「你們怎麼發現遺骨裡藏有曲調？」夏碎學長低聲詢問旁側的哈維恩。

夜妖精想了想，翻上黑荊棘抱下一具骸骨，示意我們看骨頭上有點突兀的幾個洞，氣流穿過這些洞後才形成聲音。

「有一些骨頭的聲音很像黑色種族的古老語言，但只是仿音，我想是要吸引能聽懂的人辨認出水族調子，或許只要是水族，無論黑色或白色都被寄望能發現這些，排除不必要的雜音，找到規律後就可以循線找出藏在裡頭的祕密。」哈維恩說著看了眼羅貝斯特，習慣性地多毒舌了句：「可惜沒有，反而是林裡的黑色妖精找到。」

羅貝斯特挑起眉，大概是魔族天生血液裡的惡趣味，他居然有些興致勃勃地看著夜妖精，露出些微不懷好意的神色。

哈維恩無視魔族的挑釁，直接扭開頭。

既然知道啓動隱藏術法的方式是藏在骸骨林的古調，這麼一來外面石化鬼族的隱藏術法應該也可以打開。

確認骸骨林裡沒有藏第二首曲調後，我們退出黑荊棘，打算試試石化鬼族。

然而回到原本的陣地結界、發現竟然出現「第三者」後，我們全都露出一致的錯愕。

誰也沒想到剛剛還缺的第八種血脈居然會出現在這裡。

攜帶白鷹的重柳族站在陣地結界前，回過頭，與我們大眼瞪小眼。

我腦袋裡瞬間閃過十萬個爲什麼。

負責破除結界限制的流越倒是第一時間猜到原因：「是打開結界瞬間，嗅到遺留的重柳族魂靈氣味？」

魂鷹鳴叫了聲。

懂了，跟在我們後面來的，剛好我們前面開了一輪的門，本來就是製作者同族的二十七應該更輕易能越過那些結界。

沉默的重柳族掃了我一眼，緩緩地對流越點了個頭，手一振，魂鷹直接往天空飛去，消失在黑荊棘附近。

話說回來，這傢伙也眞的很操勞，追著他們同族的靈魂到處跑，根本專業撿魂人。

我悄悄摀住手環。

幸好二十七並沒有對手環展露出任何興趣，居然也對羅貝斯特這個魔族視若無睹，他只很安靜地站在黑荊棘入口前，默默地觀察了半晌石化鬼族。

我們面面相覷，不知道該不該這時候弄出那些小光點留言。

留在原地的伊多與雷多很機敏地沒有開口詢問骸骨林內部狀況。

「你可以打開嗎？」冷不防，流越的公頻道傳來問句，對象明顯是站在石化鬼族前的二十七。「殘留的術法軌跡是重柳族，你會嗎？」

二十七看上去欲言又止，他可能不是很想幫忙，不過也反駁不了重柳族居然有人把鬼族的屍體保留下來這點。

這位保守派的重柳族躊躇了一會兒，才對羽族大祭司點點頭。

……他要是早來一點，我們就不用跑進去裡面玩骸骨解謎了。

「不過需要關鍵密語。」二十七有點低氣壓地開口：「這是重柳族幫助水族製作的密術，需要水族對應密語。」

喔，看來哈維恩的解謎還是有意義。

流越把那首水族古調傳遞給對方。

在一群人圍觀下，二十七不情不願地用他的方式點開了焦土裡大亮的光點，但與剛剛流越的不同，石化鬼族跪著的焦土上繞出了一大圈銀白色術法，光點在這上方組成人形，就跪在石化鬼族身邊，彷彿它分離出來的靈魂，對著站在面前的二十七，如過去般哀求那位來不及挽救一切的重柳族。

「我希望永恆贖罪……即使我們知道自己的使命，但愧對爲此赴死的生靈……千眾爲的是拯救……並非死亡……」

「望塵將我等守護之物送走……望可順利送至本家……抗衡被異靈蒙蔽的百塵……異靈本性貪婪，是魔神使者、是毀滅之惡，盛載魔神慾望……只會毀滅一切……與黑色之刃不同……世界被吸食後不會再輪迴……務必要阻止……」

「若望塵無法順利……希望見到此留言者，能把話語傳遞伏水與妖師本家……我們還未完全毀滅，我們仍然有希望，只要八族仍舊互信……那麼留下的火種會再度燃起……」

白色的身影最後說不出話來。

慢慢地彎下背脊，以鬼族的身分就此死去。

光點潰散，融入白色陣法。

二十七露出的眉眼微微皺了皺，但沒有說什麼，繼續讓術法運行，很快地術法上再度出現新的人影輪廓，不是汐水族長，也不是石化鬼族。

冷冷的嗓音傳來。

「我爲重柳族獵殺隊一員，即將死亡。」

「重柳族，被蒙蔽欺騙，必須立即停止對妖師的追殺，否則將後悔莫及。」

「這是，身爲清王第二子嗣，最後給族人的警訊。」

話語結束後，白光潰散，這次連陣法都一起崩掉消失，沒再有其他的留言冒出來了。

我偷偷瞄了眼二十七，他臉上有面罩，只露出雙眼睛所以看不出有什麼特別的情緒，不過隱約可以感覺他還是對兄長留下的遺言有所觸動，看他仍盯著石化鬼族發愣就可以多少猜到。

學長突然拍了我一下，示意先過去伊多那邊。

因爲二十七本身就能打開那些光點，所以骸骨林裡發生的事倒也不用避開他，夏碎學長便把裡頭的事描述給伊多與雷多兩人，大家直接坐成一圈討論接下來怎麼處理。

首要的當然是找到深淵的深淵，這麼多年都沒人打開第三層結界，汐水族長埋入的盒子必定還在。

接著是盡量把這些遺骨好好地安置或下葬。

雖然非常遺憾他們的靈魂都已被百塵屠滅，永遠無法進入安息之地，但還是不能讓屍骨這麼淒慘地掛著。

哈維恩與西穆德是可以在這環境來去自如的黑色種族，稍後又快速地搜索了一圈古戰場，確定眞的沒有其他殘留記錄與隱藏術法才作罷。

「還是通報公會，一起尋找深淵的深淵會比較快速。」伊多給出建議，「畢竟我們對此處不瞭解，也不知道汐水一族所指位置……」

「我知道。」

二十七打斷我們的小圈圈討論，直接丟出一句讓人吃驚的話，我們一群人一堆眼睛全都看向重柳族，他怔了怔，再次說：「我來過汐水一族。」

重柳族的話提醒我他的年紀與外表不相符，獵殺隊在追殺黑色種族時他就已經存在了，說不定輩分比流越還大；所以汐水尚未毀滅時，他曾來觀光過也是非常正常的一件事。

「那處地方不在汐水族城內，而是在外。」二十七沒有吊大家胃口，可能是他兄長的留言起了某種效果，還算老實地說：「城外山脈間有條極深的裂縫，下至底部，有另一條橫亙向下的地底縫。汐水族的小孩經常會由地下暗流鑽入地底裂縫玩耍，在汐水族長大的居民都知道那個地方。」

難得重柳族一口氣解釋這麼多，不過說完之後他立即變回蚌殼。

其實我一直覺得二十七搞不好比我所認知的重柳實際個性活潑不少，看他願意讓魂鷹和單眼蜘蛛在陌生人面前放肆地大快朵頤，先前主動救萊恩等等的舉動，現在又記得久遠前人家種族小孩都怎麼玩，表示這位重柳族沒有想像中難親近……或許是因爲我的種族，才沒辦法達到和他熟透後多聊幾句的成就。

重新望向骸骨林與石化鬼族，二十七沒再說什麼，只是示意我們這支小旅遊團跟他走。

開始移動後，我徹底了解爲什麼當年那位二號會架完大結界後直接掛掉——結界範圍眞的大，整個結界除了涵蓋汐水族所有居住區以外，還有後面一片山脈，也就是二十七所說、深淵的深淵所在位置。

顯然二號架結界時已經知道「盒子」藏在哪。

當年的山脈也被夷平，如果不是二十七帶路，我們會以爲這裡是個超級大的凹坑與土石廢墟，看著眼前快要稱得上是廢土荒原的焦土，突然覺得該感謝二十七的到來，否則我們這群人大概想到死都不會想到這裡有什麼深淵的深淵。

內建GPS的二十七很快鎖定某個位置，術法毫無預警地砸下去，直接炸出個大缺口，缺口下果然有一條寬度約莫三百公分左右的黑色裂縫，如同藏在廢土下的裂嘴，飄出一股魔獸氣味。

流越走上前，手上不知何時捏了幾顆光球往裂縫下丟，接著黑暗的裂縫迸出五光十色的彩光和各式各樣的元素亂流，一堆魔獸死亡前的慘嚎被爆炸亂流吞噬，這麼豪邁的術法炸彈讓二十七不由得多看了羽族大祭司兩眼。

某位大祭司拍拍手掌，一副習以為常的模樣：「走吧。」

❋

第一道深淵原本是要從山裡的裂縫下去，山被夷平後，深度雖然還是有，但並不是像那種好像要直達地獄般的深。

我們全體下落不久，很快就觸底，如二十七所說，到底部後出現了另一道橫切的裂縫，比上方這條窄一點，長度也短了些……汐水的小孩頭有夠鐵的，這種地方竟然是遊樂場所嗎？

該不會他們最大的娛樂是玩什麼恐怖遊戲之類的吧？

沿著第二條裂縫向下，這次降落的時間稍久一些，四周也較爲壓迫，不過接近底部時空間反倒大了起來，隱隱有種地底世界的感覺。

到了最底部後我們才發現這裡竟然有照明，未被焦土毀滅的深淵盡頭是一汪水藍色的細沙，在黑暗中發出優美又溫暖的光芒，把地底空間映得宛如陽光燦爛的海水。

原本的暗流可能因爲山脈與城鎮全毀，幾乎已經消失不見，大半乾涸千年的水道上只剩下很細的一條小水溝蜿蜒著不知何去何從。

出乎意料之外的環境顚覆我本來的想法。

「你們先逛逛。」到達目的地後流越打開術法，直接掃描起整個地下空間。

雖說是逛逛，不過一眼望去全都是這種發光沙，並沒有看見其他比較怪異的存在，顯然上頭還沒出場就被術法炸彈爆掉的魔獸們沒有下來過這個地方，發光沙非常乾淨，還有一絲絲柔和的水氣。

伊多等幾個水屬性的明顯滿喜歡這片發光沙，連羅貝斯特都把玩了一會兒細沙。

「水族的遊樂場所還眞令人意外。」夏碎學長笑吟吟地走過來，手掌上也有一捧藍沙。

「這是水石與水晶碎化後所製，應是水族當時爲了遊玩一點一滴帶過來，最後成爲如此廣大的祕密遊樂場。」

原來滿地發光沙是人工的嗎？

我摸了一把沙子，碎化得非常細緻，一點也不刺手，反而有點舒服，可以想見小孩們脫鞋在這裡打滾玩耍的開心畫面。

夏碎學長把小亭取出來，讓小女孩去打滾玩樂。

學術派的幾人又開始湊在一起，等他們研究起周圍和天花板，我才發現原來還有一些水族遺留的符文，大多是防止邪惡入侵，應該是這樣才沒有被魔獸涉足。

我看二十七站在不遠處發呆所以沒去吵他，哈維恩和夏碎學長等人在研究術法，西穆德不知道自己又貼在哪片陰影裡，於是只能摸摸鼻子邁開腳步隨意走走。

地下空間雖然不小，但也沒有想像中大，走一圈後流越那邊就有動靜，搜尋術法全都指向左側一處不怎麼特別的空地。

接著是雅多和雷多兩個人的術法挖地，沒想到挖得有夠深，至少挖了快十多公尺，兩人都已深陷洞裡，過了好一會兒才看見雅多小心翼翼地捧著一個小盒子跳上來。

盒子上的禁制很快被流越與二十七聯手打開。

翻開盒蓋，裡頭果然塞滿那種碎布塊。

哈維恩拿出前一個盒子，稍作比對，兩個盒子裡的布料果然有很多塊質料相同，我們幾個互看了眼，乾脆把兩個盒子的布塊都倒出來，各自挑揀一種布料快速地拼拼湊湊，連二十七都沒嫌棄什麼，跟著蹲在一邊忙碌。

很快地大家手下的布料都出現雛型，每個都是Ａ５至Ａ４大小的尺寸，然而拼起來都少了一小部分，最後僅有學長手下那張完整被拼出。

「褚。」學長把完整的布塊固定好後遞給我，神色嚴肅地開口：「試試。」

我接過布塊，上頭的黑色力量感與布料一樣變得完整，幾乎可以感受到上面相當明顯的術法軌跡，所以我的妖師力量沿著這些軌跡跑一圈也很容易。

就在力量跑完最後一道痕跡時，這塊布料突然發出黯淡的銀黑色微光，把它分成眾多小碎片的裂痕被急速修復，一下便找不到破裂的痕跡，重新呈現完好的模樣，乾淨的布面上慢慢浮現一個個字樣，全都是妖師的文字。

把密密麻麻塡滿字的布料放中間讓大家都可以看到，我認眞地辨識之前被妖師本家壓著學的文字，立即發現這其實是一張……藥譜？

雖然我對這世界的醫療不太熟悉，但裡面出現許多藥物與用量等等的文字，並且有一些對應診治的例子。

「千眾一族留下的……治療手法與配方？」夏碎學長聲音非常輕地開口，彷彿怕聲音大一點，眼前的記錄就會變成一場幻影。

所有人猛地看向那些不完整的布塊，包括羅貝斯特與二十七在內，眼神全都變了。

被百塵屠滅的千眾一族不是什麼都沒有留下，正因爲他們努力地想要留下什麼，所以才會被追殺到最後。

也因此，汐水全族拚死保護殘剩的千眾族人，連自己族人都認爲本族腦殘的幻水魔豁出一切保下恢復意識的千眾鬼族。

曾經是唯一能夠治癒黑暗毒素的千眾一族替整個世界留下最後拯救。

第十話　微渺的希望

唯一一張完成的治療記錄在幾分鐘後再度恢復成一堆破碎的布塊。

我吞了吞口水，拍了一下哈維恩讓他試試。

夜妖精的力量同樣沿著布料的術法軌跡轉了一圈，毫無動靜，其他人接續嘗試，同樣無果，直到我再一次使用妖師力量，一小堆布塊再度恢復爲滿滿文字的治療記錄。

「這……」伊多很擔心地望向我。

已知只有妖師可以恢復治療記錄，那麼是只要妖師一族的人，或者只有繼承妖師力量的人可以？

我腦袋裡閃過很多猜測，然後因爲太多了直接混成一團，有點頭昏眼花。

「在場所有的人，保密。」

意外地，說出這句話的竟然是二十七，他甚至直接開了一個守密的術法，要求全員必須發誓，不然他不會讓有可能洩露祕密的人踏出這裡一步。

千眾留下的醫療記錄事關重大，光是剛剛復原的那張上面就非常詳細地記載了該用哪些藥物、針對輕微毒素感染與各族體質製作藥劑並施藥等等。雖然現在醫療班也有很多諸如此類的研究，但千眾的記錄中涵蓋了更多古老種族與黑色種族，極度珍貴。

二十七此舉也是不讓剩下未完成的記錄暴露出去，以及為了保護在場所有人的性命——尚未知道妖師能開指的是繼承能力者或全族，這狀況下很可能會再引來一次大屠殺，包括在場所有人與親友在內，很可能立刻就會成為百塵、黑暗同盟，甚至異靈與邪神的狙擊目標。

知道重柳族的意思，在場眾人都對著守密術法發誓，然後二十七把守密術法交給流越作為監管。

我看著這些布料，深沉地思考一會兒後做了個決定。「我們各自拿一份。」完整與剩餘的我帶走，每個人都帶一份的話，可以避免如果哪天又遭到屠殺，這些記錄被一口氣毀滅。「等到完全拼出來後，直接公諸於世，不讓百塵他們來得及反應。」到那時候所有記錄瞬間被大量世界種族所知，百塵就無法屠殺全部種族了。

在場的人幾乎都可信任，雖然與羅貝斯特不熟，但他是主動來追查幻水魔過去的人，應該不至於重蹈覆轍；而二十七就更不用提了，雖然我不喜歡重柳族，依舊不能否認他們對於世界的忠誠，搞不好在場最不可能透露的就是他。

「我就不拿了，責任太重，幻水魔已經死過一次，不能再連累同族。」羅貝斯特深深呼了口氣，有點抱歉地說：「而且我是魔族，有天性前提，無法完全保證會不會出賣各位。」

伊多也表示水妖精力量較爲低微，他們三兄弟不能全都拿，必須三人集中精神守護一份。

就這樣，各人各自收起手邊未完成的布料，最後剩下的重新打散放回盒子內，我在流越與二十七的指導下重新在盒子上做好新的封印，接著交給哈維恩收起。

從深淵的深淵離開時，流越抹掉大家來過的痕跡，有著發光沙的地下祕密基地再次被塵封起來，可能未來有一天這裡會再成爲誰的祕密遊樂場吧，不過在那日到來之前，只能繼續安穩沉睡。

回到城內範圍前，天空傳來一記鷹嘯聲，魂鷹筆直落在二十七肩上，嘴上銜著一團白色的光球。

「這是……」我盯著魂鷹嘴巴那團光，有點心虛。

「死去族人沉睡的魂靈。」二十七將光球收起，或許是地底一行後擁有共同的祕密，他對我的態度寬和很多。「時間種族的魂靈不能流落於外。」

「……」張了張嘴，其實我很想問關於時族很可能會再度復甦的事情，然而眼下並不是好時機，人太多，也無法確保會不會讓二十七察覺重柳還在我身邊。

「先看看要如何安置汐水一族吧。」哈維恩看我接不上話，立即轉換話題。

處理遺骨並不難，比較麻煩的是那一大堆黑荊棘。

百塵進攻當時帶來許多魔獸，這片黑荊棘也是其中之一，是種魔化的植物，不過本體已經不在這邊了，掛滿屍骸的只是魔化植物切斷後留下的根枝，專程用來對白色種族示威。

原本是有打算通報公會讓公會來處理相關問題，但千眾留在這裡的祕密浮出，我們就不得不先安置好所有遺骨，一方面也是避免有人從骸骨林裡找到相關線索的可能。

於是大家又花了些時間，終於移除整片黑荊棘，讓一具具屍骸入土爲安，覆滿整座城鎮的骨灰也被妥善收起，與他們的族人一起永恆沉睡。

做完這一切後，我們回到結界入口。

出去時比進來容易太多，只要倒著層層退出去，結界就會自動封閉，恢復成沒有人進入過的模樣。

我們就這樣沿原路離開，直到最後終於踏進最外層的霧氣裡。

一直在外面埋伏等候的鬼族與魔獸瞬間大批大批撲來，數量遠比我們進去時多好幾倍，裡面竟然還混有中階鬼族，很顯然是刻意在這裡堵我們——附近果然有眼線，將周遭的一舉一動傳遞給藏在幕後的凶手們。

我秒捕捉鬼族的陰暗內心，低階鬼族齊齊一僵，這秒便足以讓大家把這些攻擊者掃倒一大片，一起出來的二十七也沒閒著，往他方向逼近的鬼族眨眼全都變成肉塊，重柳族在砍東西這方面還是非常果斷明快的。

襲擊我們的鬼族來了兩、三波，發現奈何不了我們後，就沒有繼續衝過來送頭了，反而呈現包圍狀，其後出現了更高階的存在。

「你們……進去了……」

從重重鬼族後走出來的高階鬼族，黃灰色的雙瞳露出貪婪目光盯著我們，不過礙於流越布下的大結界，他與其他低階鬼族一樣無法靠近我們。

「這就不干你們的事了。」學長冷冷地笑了聲：「滾吧。」

「進去了……」

「都進去了……」

「殺……」

「殺死進去的人……」

無視威脅，鬼族開始碎碎唸起來，連我聽見的心聲也全都是類似的話。

「你們看見了什麼。」高階鬼族陰惻惻地開口。

不知道什麼時候潛過去的西穆德一刀把鬼族的頭砍得飛起，周邊的低階鬼族爆炸，那邊又是一輪猛烈的襲擊。

「一波殺死，馬上離開這裡。」流越看著越來越多的鬼族與逐漸濃沉的紫黑色毒素，立即將防守型的陣地結界轉為攻擊結界，並在四周張開許多輔助術法。

說真的，經歷過那麼多次戰爭洗禮，即使我在一大群高手裡只是個小菜雞，但對付這堆鬼族也都綽綽有餘了，更別說裡面有學長和重柳族這樣的存在。於是說一波就是一波，冰牆瞬間橫掃過去，大批鬼族冰雕化，接著是二十七的術法攻擊，其餘人快速無聲地放大招兼補刀，幾乎不用半分鐘，全場鬼族化灰。

整批鬼族被掃掉的同時，流越秒拉出轉移陣法，在我們離開那剎那引爆整個發紅的陣地結界，正好將撕開空間的黑術師炸得血肉模糊。

下秒，風景轉變，我們成功跳點。

※

眼前的風景是一片眼熟的蒼蒼綠意。

更眼熟的小白貓從裡頭跳出來，甩著尾巴來到我們面前。

「黑牙。」夏碎學長立即與對方熟稔地打招呼。

流越把大家送進雲海島了，浮空島不知在哪個區域的天空，周圍有層層雲朵與結界包裹，由外絕對看不見島嶼的所在與模樣，聽見騷動後，島上的動物們從各處探頭出來盯著我們這票人看。

「好久不見呀。」小白貓開開心心地繞著我們轉了一圈，小巧的鼻子動了幾下，然後說道：「你們要再淨化過喔，有很淡的鬼族味道，臭臭的。」

「式青呢？」流越彈出幾個淨化術法繞在大家身邊，立即把沾染的鬼族、魔獸氣息全都清除完畢。

「式青昨天剛出去呢。」黑牙領著大家往外圍休息點走去，沒一會兒我們四周便跟了一大堆毛茸茸的小動物。「有人傳回來說看見黑色獨角獸，式青去查探了。」

黑色獨角獸？

說起來上次在青幽族看見的那隻深色獨角獸後來不知道過得好不好，有聽其他人說救援出來的幻獸一般都會送回棲地，希望那些可憐的幻獸與動物可以順順利利回到原本的住所。

二十七肩上的魂鷹鳴叫了聲，展翅飛出去，地面上立刻跟著衝出好幾隻毛毛小小的幼獸，白鷹像是吊著小動物玩，時不時俯衝下來把牠們翻得四腳朝天，然後再急速飛高，讓幾隻幼獸不斷哇哇地軟軟嚎叫著。

不遠處有兩隻飛狼朝我們搖了搖尾巴。

我看著熟悉的飛狼，抬手朝他們揮了揮權當打過招呼，上次辛苦他們跟著奔波，還去了那麼危險的地方。

我們一行人最後被安排的休息點是一片碧綠色的小草地，旁邊有棵巨大的老樹，茂密繁盛的枝葉如棚蓋般全力延展、遮擋陽光，從空隙傾瀉而下的細碎陽光在草地上閃閃發亮，光看著就覺得很舒服。

樹旁有幾組木桌椅，上頭已經放滿了好幾種大小水果與茶水，小動物們正在那端看著我們，等人到了就一哄而散。

二十七看起來沒有立刻離開的打算，不過似乎也不想和我們友善地抱團聊天，沿著巨木三兩下就消失在樹枝裡，只留下白鷹還在那邊玩小動物。

一改在汐水與古戰場裡的緊繃，周圍氣氛閒散悠哉，讓我們原本有點焦躁的情緒也平復了下來。

這時我才有空去思考一連串發生的事。

幻水魔後面的事情有點大……應該說是非常大，沉澱下來後驚覺我們好像又幹了一件隨時要被滅門的大事。

「現在才開始緊張嗎？」

雙掌大的桃子被放到我腦袋上，學長和夏碎學長走過來，在旁邊位子坐下。「我還以為這陣子你的膽子已經夠肥了。」

「……別提醒我。」捧著香噴噴的大桃子，我此刻後知後覺地胃痛起來。下了保密術法之後，那些事情也沒法向白陵然透露了，如果要揭露只能等到我們所有人把布料拼完、一口氣公諸於世那天。

「褚這陣子也經歷了很多大事呢。」夏碎學長端著茶，很悠哉地微笑道：「今非昔比，都已經成長到連我們都必須借助力量了，偶爾都覺得簡單的感謝似乎不太足呢。」

「這個就不用說了，夏碎學長講好幾次了。」我連忙正色回答：「別一直提了。」

「嗯，我也是這樣想的，畢竟之後可能還會常常麻煩你呢。」夏碎學長抿了口茶，說得非常自然。

……

……？

這是什麼陰險的回答？

學長有點頭痛地看了下自己的搭檔，咳了聲帶過這個話題，然後說道：「公會留了消息，明日就能安全地送返米納斯的心臟。」

送回的速度比原本估算的快很多，雖然公會那邊本來也說兩、三天，但我一直覺得可能會拖延，看來公會替代的材料很多，可以馬上更換，就是不曉得那名異靈的後續處理。

「異靈將會完整封印，移往公會特製的封鎖祕境與世隔離，儘可能不讓他甦醒。」學長約莫看出我的憂慮，挑了些後續告訴我。包括那座假神殿也正被拆解，公會試圖從裡面分離出更多假生命之石的情報，以及還有哪些種族可能參與。

「事實上公會一直在調查假生命之石造成的大量衰亡事件。」夏碎學長作為少數知道我們把假石吞走的知情人，淡淡地笑了下後繼續道：「調查者認爲這背後有邪惡種族的煽動，假神殿的實驗團隊採取的動作很像後面有這層關係在指使，才會讓他們錯覺自己能夠復甦異靈並加以操控，但其實異靈是絕對無法操控的存在。」

異靈還是滅亡徵兆。

如果妖師和異靈同時出現，世界種族會選擇的絕對是先打異靈，甚至爲了把異靈打爆還會反過來與妖師合作，由這點可知異靈出世有多嚴重，嚴重到某些時刻能與黑色種族化敵爲友，不得不說我們搞不好還得感謝這玩意。

然而現在已經出現好幾個異靈了，整個守世界各處動盪。

「我會適當地向公會申請假石的相關情報。」學長頓了頓，意有所指地說：「公會傾向封印，銷毀的代價偏高，如果有可以轉換或吸食的存在最好，至少可完全毀掉假石。」

這個暗示我聽懂了，學長他們會偷偷給我們假石情報，不論是魔龍吃掉或是墮神族用掉，都比公會費盡心力封印更佳。

「所以你少亂跑，盡量一起行動。」學長斜了我一眼。

「如果我說很多事我都是千百個不願意，不知道您信不信。」我就是很無辜、非常無辜的路人，最近一連串事件快讓我覺得坐在路邊吃陽春麵很可能都會遇到邪魔歪道攻城什麼的。

「呵。」學長非常冷漠地對我開了個嘲諷。

一直聚在另一端不知在說什麼的水妖精與幻水魔看似散會了，伊多和雅多朝我們走過來，正好驅散學長的嘲諷。

「羅貝斯特晚些會回妖靈界。」伊多在桌邊坐下，笑容溫和，語氣淡淡地說道：「鳶清幻水魔如何遭屠戮的原因後他釋懷許多，接下來重心會放在幻水魔遷回自由世界這件事上，他也會遵循當年幻水魔首領的決定，不讓現存族人知道千眾鬼族的事，而是著重於重新適應白色世界與好好生活。」

這樣也好，幻水魔其實比汐水幸運太多，至少他們逃入妖靈界後最終還是存活下來。而遲來的血債，早晚會向始作俑者討回來。

「對了，孤島似乎過幾日要開始正式第一輪外圍推進。」水妖精的長兄微微偏著頭，看了眼遠處正與幻獸們交談的流越，略帶擔心地說：「屆時我們也會在海上作爲輔助。」

相同的話題前不久我們剛討論過，沒想到伊多他們會提起。

孤島事件後，海上組織與公會聯盟架設海上基地，以我們當時進入的位置爲初始起點，進入後逐步清理黑色海域與其上恐怖的威脅。追著我們跑的各種妖魔鬼怪與異靈似乎都退回島內了，所以清理還算順利，由海面快速推進，現在已在孤島邊緣修復大結界與建立陣地結界，預計要開始分區掃蕩孤島。

後來回報白陵然事件時，我硬著頭皮私下向他提過，公會與妖師建立合作後會聘請一些妖師族人作爲助力，畢竟收復孤島，不論黑色力量或是白色力量都極爲必要，因此我希望試著爭取一個位置。

「兩位也會去嗎？」伊多看向學長兩人，果不其然他們點點頭，尤其學長還有海上組織的身分，不管走哪個管道都可以，根本內定。

可惡，羨慕。

「千冬歲也收到派遣。」夏碎學長補了句。

千冬歲目前身上有龍神力量，針對妖魔可以起很大效用，正好被公會調用。有能者最過勞，大概會破例被調爲前線情報班。

不知道他和萊恩和好沒。

撇去這些讓人覺得有點沉重的事，我們閒談幾句無關痛癢的雜事。

說起來，不曉得爲什麼西瑞到現在還沒聯絡我，他確實是說家族裡有事，但都已經過去一段時間了依然毫無消息，難道又遇到黑術師入侵這種棘手的問題？

我正思考要不要主動聯絡西瑞時，哈維恩走過來。

夜妖精的神情有點怪異，仔細形容大概就是複雜，不是那種遇到大事憂心忡忡，而是略意外的那種表情。

「……怎麼了嗎？」他這反應讓我有點怕怕的。

哈維恩看向我，神情一轉，變成有點想吐槽我的模式：「圖書館那邊傳來消息，我們有空要回去走一趟，那顆蛋快要孵化了。」

那顆蛋。

呆滯了幾秒後，我猛地想起那顆蛋是什麼了。

卷之獸的蛋！

當年我拿到蛋之後就把它擺著了，沒想到一直沒有孵化，後來哈維恩開始輔佐我後才提醒我一件事——卷之獸需要大量書籍，幼獸需仰賴書籍的養分，蛋也差不多，於是我恍然大悟，並同時發現那顆蛋已經對它的蛋生有點心灰意冷，整顆蛋冷冰冰的沒反應。

我猜它蛋生大概沒想到它親人會把它丟給我這麼靠夭的人接手。

後來只好趕緊先把蛋送去靈氣比較濃郁的地方，讓蛋可以好好休養一番，之後再向學校圖書館申請把蛋放進書最多的地方。

幸好學校圖書館很快就通過，我才曉得原來圖書館還可以接這種孵蛋業務。畢竟大家或多或少都會養點幻獸、精獸或契約獸，這些獸類小朋友棲息地五花八門，圖書館也接過不少借地讓幻獸休息的業務，孵顆蛋對他們來說不算什麼，更別說是喜歡文字的卷之獸。

里里幫我們把蛋放到書本長流後，幾乎每天都會去看看蛋的進展，不時還撈出來小心仔細地擦蛋，沒事還對著蛋唸故事書；害我都有錯覺其實這顆蛋是她的，用心程度讓我這三不五時整顆遺忘的原主人有點心虛。

也就是因爲里里很喜歡卷之獸，日日都去看蛋，這才發現蛋已經快要孵化了，連忙通知我們回去一趟，迎接卷之獸的出生。

「您是不是又忘記蛋的存在了。」哈維恩一眼看出我的心虛，冷冷地戳破並加以嘲諷：「到時破蛋說不定只認圖書館那位爲主，連您是什麼東西都不知道。」

這我也沒辦法啊，一顆蛋的生長期那麼長，放著放著就會忘記咩。

不過如果里里眞的很喜歡，也不失爲是個好歸宿，畢竟圖書館那麼多書和喜歡閱讀的人，這個環境對卷之獸搞不好是天堂，跟在我身邊很難得到大量閱讀的養分，說不定寄生哈維恩還比我好。

但其實主要原因與學長現在並不召喚幻獸或奇獸一樣，我們涉足的地方已經過於危險，常常要打大小ＢＯＳＳ，這些輔助獸類出來很容易送死，如果沒有西瑞那種強悍的生命力，還不如找個安穩又舒服的地方安置好，讓牠們快快樂樂長大來得妥當。

想想似乎可行，回學院後再和里里商量該怎麼辦吧，若是卷之獸自己有什麼想法，也可以一起討論。

哈維恩聽完後，沉思了片刻，算是同意我的決定。

討論完黑蛋歸處，約莫幾分鐘後，流越那端也結束了談話。

但大祭司沒有走過來。

「上次來不及，這次可以好好相互介紹了。」流越的公頻道發出聲音，讓大家不約而同抬起頭看往他的方向。

遮擋陽光的大樹傳來一陣騷動，灑落在地的陽光被遮了幾秒。

隨之而來的是兩道大影子，應該說身形很正常，大的是張開的那兩雙翅膀，一對猶如天使般雪白，不過在羽毛末端有些許漂亮的銀色紋路，另外一對則是猛禽般深棕色的翅膀，他們自高處落下，輕巧平穩地站直身體，收起翅膀，儀態優雅地與我們幾人對視。

「雲上島羽族。」

《特殊傳說Ⅲ．06》完

番外　殘夢

咕嚕……

咕嚕咕嚕……

嘶……

咕嚕……

「凡斯，你在看什麼呢？」

坐在水邊的黑衣青年回過頭，正好對上一張極度好奇的面孔。

這張臉，打從認識之後，時常令他內心百感交集，偶爾會想把手掐在對方同樣優美白皙的脖子上，但也常常能讓他感受到一絲無法取代的溫暖。

令人五味雜陳的生物，精靈。

更令人五味雜陳的是腦子思考方式異於其他族人的精靈。

顯然他這位朋友是屬於第二種。

咳了聲，黑衣青年——凡斯，甩掉腦袋裡的想法，看著輕飄飄的精靈蹲在自己身邊，明明成人的體態硬是讓他蹲出天真無邪的孩童感，可能這就是精靈讓人無法理解的怪異天賦吧。

沒聽見友人的回應，很自得其樂的某精靈一眼看見溪水裡的異狀，應該說異物。

「蜃？」盯著清澈溪水中有著奇異花殼的貝類，精靈歪著美好的頭顱，認真地想了想，開口：「今日果然是非常幸運的一天，讓我們能忙裡偷閒出來小聚，同時看見造物主的奇蹟……」

「長得不像蜃的蜃。」凡斯打斷對方一大串的裝飾語，很直接給了結論。

他在水邊清洗剛剛摘取的藥草時也以爲自己看錯，畢竟這個蜃擁有白玉般淨白的外殼底色，再加上梅花模樣的紋路，在水與陽光的照拂下，隱隱反射著光輝，任誰第一眼都不會覺得看見的是蜃。

是個很花俏的蜃，並且身處在不屬於他該出現的水域裡。

「旅行的蜃。」精靈似乎覺得隨口下的結論很有意思，淡淡地笑了起來。

凡斯倒是無所謂花俏的蜃有沒有在旅行，不過這東西顯然盯上自己手裡沾水的藥草，藉著水流悄悄地往漂浮在水上的葉片靠近。

藥草只是在營地邊隨意摘採的，給這種小東西也無所謂。

折掉有毒的根莖部分，隨手分出幾根洗淨的藥草，凡斯把泛著翠綠流光的草葉留在水邊，然後起身：「回去吧。」

精靈點點頭，看出蜃想要進食的動靜，輕巧地起身尾隨友人離去。

兩人一前一後回到營地時，被留下的另外一位友人正翻烤火邊的肉塊與麵包，甚至還有閒情逸致煮了壺茶。

凡斯聞了聞茶水的味道，只是普通的薄荷，他順手把剛洗乾淨的藥草抓了一把塞進壺裡，蒸騰的熱氣頓時傳出一股清新甘甜的氣味。

「五線白啊。」留守的青年──安地爾，把玩手邊的薄荷葉。「原來還能用來煮茶水。」

他們剛到此地在整理營地時，發現了周邊長了很大一叢藥草，三人都懂藥學，自然立即就分辨出來是什麼草藥。這種藥草平時灰撲撲的，摘下後置於活水處才會露出翠綠的葉片與五條白線的特徵，被通稱五線白。

五線白一般作爲輔藥使用，安地爾倒是第一次看見用來煮茶，顯然煮起來氣味還很不錯。

凡斯看了裝模作樣的傢伙一眼，在心裡嘖了聲。

不但能煮茶，剛剛還有隻蜃想拿來當零食呢。

精靈——亞那瑟恩，興致勃勃地坐到兩位友人之間。

營地除了生起的溫暖篝火與食物之外，還攤開了一幅地圖，這也是他們三人尋得空閒後會出現在此的原因。

數日前，亞那瑟恩從一座附屬冰牙族的小村子得到這張地圖，是名落魄冒險者交給村內旅館作爲抵押房費的部分物資。根據冒險者描述，這張地圖是名符其實的藏寶圖，他好不容易從黑市拍賣場得到，關於這張藏寶圖有無限的傳言，例如：標記地有多如繁星的珍寶、有能治癒黑暗毒素的永生藥、有沉眠其中的上古神祇，又或者是藏匿於世界之外的種族舊地……云云。

旅館老闆覺得有異，畢竟地圖不似僞造，冒險者也說得煞有其事，但略一打聽後，有許多資深冒險者則是訕笑說那只是張假圖，雖然確實有地底遺跡，不過其實只是座妖精礦脈，許久以前因爲出過事早已被封鎖，現在內部狀況不清楚，但已知被某些不太好的生物盤據、死了不少探險者，就連老牌冒險者都差點遭殃，大多數人並不建議前往。

之後，這張地圖輾轉被交至三王子手上，引起這位精靈注意的是傳言中的兩項：地底遺跡疑似伏水一族留下，以及有人曾在裡頭見過上世代光族培育的幽羅花。

亞那瑟恩知道自己的祕密友人一直對幽羅花很有興趣，似乎是妖師一族某帖藥方缺少的重要藥物，他時常在祕密基地裡看見他的妖師朋友皺眉實驗各種替代藥草，然而進展不佳；於是略一盤算，便與兩位友人計畫了這次的出行。

當然，傳聞中的伏水遺跡也很重要。

眼下，他們已經即將靠近傳聞中的妖精礦脈，地圖標記看來具有一定的可信度。

花了大半天消除並整頓礦脈周遭環境一些經年累積的小問題，進入前，三人決定休整一晚再行探查，當然也有凡斯想在附近找一株藥草的考量——如果在某處發現五線白，通常附近會有幾朵罕見的伴生藥草，外表烏漆墨黑，必須在有月亮的夜晚才會顯露出眞面目。

因此三人用餐、閒談過後，就各自去做各自的事情了。

爲了不讓精靈無意之下又對藥草做出什麼事，凡斯於是把對方趕得遠遠的，自己守住發現五線白的區域，而安地爾靠在營地邊翻看書籍，眞的跑遠的精靈就在林子裡高高低低地來去，另外兩人倒也沒注意他在幹嘛。

皎潔的月亮高升之後，隨著月光灑落，五線白附近果然出現細細小小的銀色微光。

凡斯在採藥草時，精靈在採東西，凡斯終於採集結束後，精靈也抱著一堆五顏六色的東西從林子裡面冒出來。

凡斯認眞整理藥草時，精靈也認眞地把那堆五顏六色的東西組合在一起。

「這是什麼？」安地爾看著那些長相奇特的漿果與花草葉片，有的能夠辨認，但有的看都沒看過，他都快懷疑自己竊來的資料與見聞不夠多了。

「主神與大自然賜予的豐富饋贈。」亞那瑟恩認真地用普通語介紹了幾樣，另外有些只能用精靈語解釋。

總之，另外兩位夥伴的結論就是：無毒、能吃，並且很美味。

他們當時還沒想到這些東西組合在一起的破壞力就和某位精靈一樣大。

生命總是會在無知中成長，不論是黑色種族或白色種族，甚至是邪惡種族，都逃脫不了這個定律。

※

翌日一早，凡斯與安地爾同時睜開眼睛。

應該說兩人雖然閉上眼睛歇息一夜，不過在外時他們從沒有放鬆警戒，一點風吹草動都可以馬上反應，即使已確認周遭安全也一樣。

但現在這個安全的營地飄滿香香甜甜的氣味。

本來還打算等天亮再起身動作的兩人不得不睜開眼睛，看著已經持續在篝火邊窸窸窣窣好一陣子的精靈。

「早啊。」亞那瑟恩察覺到兩名同伴的動靜，立即回過頭露出優雅又漂亮的笑容。

「……那是早餐嗎？」雖然得到精靈一笑，但並沒有被誘惑的妖師極度鎮定地盯著那些五顏六色、已經失去原本形狀的植物，然後感覺眼皮跳了兩下，他餵自己吃毒草時都沒這麼不安過。

「是的，感謝主神無私的豐富餽贈，在這個令風精靈與綠精靈都歌詠的早晨，讓我們擁有如此營養又驚艷的一餐，我剛剛嚐過味道，非常非常美味，我想你們一定也會很喜歡。」精靈捧著大葉子上已變得花花綠綠的夾心乾糧，神采奕奕地看著兩名神色不定的夥伴。

安地爾靠到一向看自己不順眼的妖師身邊，用極小的聲音詢問：「會死嗎？」

凡斯沒有回答，因爲他也不知道。

不過看來只是把昨天那些漿果與可食用的花葉夾入乾糧裡，怎麼吃應該都不至於死，最多就是……嗯，晚點出發而已。

見對方沒回答，安地爾觀察了一會兒吃過這些東西的精靈，確認對方毫無異狀後才在妖師的凝視下接過一個。

彼此猜忌的二人組在對方監視中同時將彩色乾糧放入嘴裡。

當然，如果他們這時候記得精靈有著遠比其他種族更能抗植物毒的體質，就不會這麼快把「早餐」嚥進喉嚨。

教訓總在應驗時到來，不慢，就在七八九分鐘後。

凡斯和安地爾在一陣天旋地轉後大感不妙，不管哪個種族的神或魔都沒給他們反悔的機會，等他們幾秒回過神時，整個人已深陷在衣服布料堆裡。

「……」凡斯用力地探出腦袋，冷冷看著毫無變化的精靈。

「哎呀。」亞那瑟恩發出驚呼。

因爲衣服造成的困擾，凡斯還沒來得及揍精靈，對方就在驚呼之後也往地上一倒，在受害者們面前活生生地縮水。

於是三張稚嫩的小臉面面相覷。

直到很多年後，人事皆非，凡斯還是無法理解當初那些漿果花葉是怎麼把他們三個不同種族的人活生生返老還童。

不過眼下，不論是精靈還是妖師又或者是潛藏的邪惡，都只能大眼瞪小眼，最後不得不用通訊術法，在族人們充滿疑惑的詢問中，得到了三套臨時傳來的幼童衣物。

「往好處想，是比被毒死好一點。」安地爾看了看縮小的巴掌，覺得有點新鮮。

「是。」凡斯只能慶幸那塊乾糧不會毒死黑色種族。

「還去探查嗎？」亞那瑟恩縮成一個小小的白色雪球，摀著剛剛捱打的腦袋，眼巴巴地看著兩位很可愛的夥伴。怎麼說呢，他還是第一次見到夥伴們這麼小又這麼柔軟的樣子，眞是主神帶來的好運，但說出口的話，大概還要被揍一次吧。

「我的力量被壓制，不到往常的一半。」凡斯張開手掌，跳躍的恐怖之火相當細小，雖然還是足以燒燬一整個城鎭，但他知道威力大幅減弱了。

「一樣。」安地爾笑了笑。

亞那瑟恩小心翼翼地抬起手，表示相同。

於是食用乾糧後，他們獲得了外形與力量全都返老還童的效果，並且不曉得什麼時候才會恢復。

「好好運用的話說不定會在戰爭裡面出現奇效。」看著剩餘的彩色物體，安地爾試圖想套出配方。

凡斯思考著剛剛食用的乾糧與夾在裡面的不規則色塊，極爲冷漠地打破某傢伙的妄想。

「我們三人的食用量都不同，夾在乾糧裡的分量也不同，造成這種效果多半只是巧合。」

「嗯，大概很難找到了喔。」亞那瑟恩捧起一直被同伴們忽略的小朋友，小小的手掌正好與來訪的花俏蜃差不多大小。「裡面有一株小草是我們這位友善的朋友贈予的回禮，那是珍藏許久、非常罕見的滴露草株。」

「……」

「……」

所以說，爲什麼要一大早在早飯裡面夾入這些東西？

凡斯按著隱隱緊繃跳動的額際，不去思考自己是偏頭痛發作或是怒火燒起來想暴揍精靈的發作。

花俏的蜃對昨天給自己零食的妖師顯然非常有好感，嗝出了一顆彩色泡泡。

最後，三人依然決定按照原計畫繼續前往探查。

畢竟就算力量與外殼縮水，身爲種族中佼佼者的三人在面對威脅時還是有拔腿就跑的能力。再說當中有兩人是瞞著自己的族裡出行的，時間有限，不能在外拖延太久。

亞那瑟恩把蜃放回溪流裡，愉快地道別後，與夥伴們按照地圖進入礦脈地區。

地圖上的終點是斐利尼礦坑，許久以前屬於妖精們所有。

精靈略一思考就從悠久的記憶裡翻出最初在這裡的混血妖精的情報。「雷雨妖精部族。」

凡斯與安地爾對白色小種族沒什麼印象，應該說他們並不會刻意去了解妖精有多少混血支系，所以精靈講述已經不存在的雷雨妖精部族時，兩人也就當作個故事聽過便罷，製作成兵器的禁術什麼的，對黑色種族或邪惡存在來說都只是小意思，反正白色種族嘴上說著大義，背後手腳多如繁星也不是一天、兩天的事了。

走到礦脈入口時，凡斯看了幾眼豎立在旁的石板，然而上頭文字大多已經磨損，只記載了一些封閉資訊與警語。

往前的山道與黑色石壁、道路都有被清理過的痕跡，顯然這幾年出入的探險者不在少數，妖精們原本在外圍設下的封閉術法早已絲毫不剩。

「小心點。」凡斯皺起眉，進入山道後他察覺到有一股極淡的黑色力量氣息，像是想掩人耳目般稀釋得極為稀薄，幾乎不著痕跡地融入空氣裡。

另兩人也注意到周圍的不對勁，提起全副精神地警戒任何動靜。

一路上雖然察覺到一些小魔獸在周圍觀望，但牠們本能地發覺路過的三人都不好惹，所以悄悄地退開，對牠們來說，不管哪個人都能簡單壓制牠們，這種單方面的恐懼大於對食物的渴求，居然沒一隻敢嘗試上前發動襲擊。

最終三人暢通無阻地走到礦坑大門前，一絲意外都沒發生。

理應被封鎖的巨大石門底部早已被探險者破開足以讓成人通過的路口，碎裂的厚石板旁還有一具骸骨，發黑的骷髏腦袋後有一道深且長的刀痕，死時並沒有任何防禦姿態，顯然是將背後露給信任之人時慘遭偷襲殺害。

「盜賊。」安地爾踢了踢枯骨旁折斷的獵刀，上面有枚魚骨形的粗糙印記。「黑吃黑。」

「這種三不管地帶，什麼鬼東西都可以進去。」凡斯可以感受到骸骨上殘留的怨恨與惡意，他拿出個黑色瓶子朝讓人不悅的骨頭一澆，盜賊留在人間的屍骸化爲一灘水，徹底地永遠蒸發。

精靈仰頭看著對現在的他們來說過高的破洞口，然後興致勃勃地轉向漆黑的內部空間——這種連光都透不進的黑並不正常，有東西在某處盯著他們。

「鬼族。」凡斯按著精靈的小腦袋，把他往旁邊一推，直接調動起礦坑內的黑暗力量，盪開潛藏其中的陷阱，暴露出趴在天花板的幾隻低階鬼族。「下來！」

正在咧牙咆哮的鬼族一僵，紛紛從天花板上掉落，被妖師的絕對實力按壓在地上，一隻隻直接腦袋爆開，眨眼全數滅亡，化爲一堆堆黑灰。

安地爾在角落找到一些殘破的行李與破損的「藏寶圖」，與他們手上的極爲相似，但製作年代更早一點。

隨後又遇到鬼族幾次，同樣在附近也有「藏寶圖」，這次的比較新。

亞那瑟恩在一塊乾淨的空地攤開幾幅羊皮卷地圖，時代有近有遠，周邊的地理位置也因年代不同而有所變化，唯一相同之處都是指向這座礦脈，並且標示上讓人垂涎的各種寶藏示意圖標。

「陷阱。」凡斯皺起眉，意識到這些藏寶圖的出現可能並不單純，有什麼存在刻意以寶藏引誘冒險者甚至盜賊進入此處，到目前爲止，可以確認的是某一部分都成了鬼族，在礦坑中迷失徘徊。

問題在於是誰、有什麼目的？

凡斯隱隱覺得，很可能與空氣裡那抹無主的黑色力量有關。

沒錯，那股奇怪又稀薄的力量無人使用，如果不是因爲與此地的氣息不相符引起凡斯的注意，一般人恐怕只會當作這力量是自然從礦脈裡、因某種理由產出，更甚者，會當成這就是當年妖精們封鎖礦脈退出的原因。

安地爾若有所思地看了地圖一會兒，並沒有說什麼。

亞那瑟恩將全部羊皮卷收拾好，在淨空的區域設下幾個精靈術法，避免鬼族隨意遊蕩。

「小心點，我覺得下方有危險的東西。」感受那股黑色力量的來源，凡斯微微皺眉，這玩意很狡猾，散布在整個空間裡，彷彿眞的徹底無主，但又可感受到最濃郁的區域是在更深處的地底，正虎視眈眈地覬覦著踏入缺口的外來者們。

接下來就像印證妖師的猜測，他們接連在幾處空間遇到一群群鬼族，找到更多藏寶圖。

「好多鬼族呀。」

又是一群鬼族被滅，亞那瑟恩站在鬼族屍體邊不由得嘆息，或是冒險者或是罪惡的盜賊，他們或許在進入礦坑之前都沒想過將會成爲同一種存在，並無法重回光明世界。「希望主神能將光明照耀陰影處，令迷茫的靈魂能夠步入該去之所。」

「下面有極度邪惡的存在，一些心懷不軌的傢伙在這裡受到影響而扭曲很正常。」凡斯嗤笑了聲拋掉手上的東西，並不認爲這些傢伙死得冤枉，不論是盜賊或是冒險者，在進入不屬於他們的地方時，就該抱持著可能會交出生命、出不去的覺悟。撿拾起地上又一張藏寶圖，他再次開口：「怎麼這麼多愚蠢又貪婪的傢伙相信這鬼地圖的指引。」

「都說了是貪婪，耶莫桑朵的礦脈有機率產出水精之石，又可能藏有雷雨部族或者某個古代大族遺留在地底的祕寶……」安地爾呼吸著充斥殘留惡意的空氣，感覺十分有趣。「怎麼可能不吸引人呢。」可惜另外兩人在場，否則這個地方非常有潛力可以成爲偌大的邪惡養殖場，以那些探索者爲飼料，但今天精靈與妖師已經介入，很可能要破壞掉許多樂趣了。

果不其然，精靈嘆了口氣。

「回去之前，我製作個引誘術法吧，至少能夠保護一些無辜的探險者。」亞那瑟恩在胸口畫了個祝禱手勢，替成爲黑灰的無辜者唸誦一段精靈歌謠，大意是希望他們終有一日能夠再回到世界的懷抱。「願後來的冒險者們能夠堅持己心，不被不該擁有的寶物欺騙心靈。」

看著精靈布置術法的動作，凡斯雖然覺得似乎沒有必要，不過還是補上一圈黑色引誘咒術，彌補精靈不夠強悍的誘餌術。

亞那瑟恩微微笑了下，略微調整讓整個大術法更加完整。

可惜現在他們實力被封，術法只能架構一個大概的骨架，回頭等藥力消退、恢復原本的型態後再來補滿完整的符文。

站在一邊的安地爾等兩人收手後才走上前。「如果都是這種低階鬼族，倒是沒想像中危險。」雖然身體與力量縮小，不過低階鬼族對眼前兩人來說實在算不上威脅。空氣裡潛伏的黑暗不管是精靈或妖師都可適度排除，不會如那些貪婪者一樣心態劣化扭曲。

他有點猜到下方那東西是什麼了，非常有趣，然而想看看那東西的現況就必須推動兩人繼續前進。

幸好不論是精靈或妖師，看上去都有向下探的意思。

「繼續往前吧。」

三人順著礦坑內的通道陸續又清除一些遊蕩的鬼族。

不得不說這礦坑其實很詭異，雖然有鬼族，但階級都不太高……也有可能是高階的鬼族已經逃出去了。

另外就是好幾處都出現了詛咒與散亂的各種術法，或是亡者死前的絕望、或是某些冒險者設下後又被撕碎的防禦，還有好心人想避免後來者踏入陷阱的施咒等等，混亂成一團的術語幾乎可以辨認出至少有幾十種不同種族曾在這裡陷落，數量多到讓人心驚。

亞那瑟恩雖然有心想重塑礦坑內的術語，但目前身體無力，而且工程過於浩大，必須等回去之後告知精靈族，派出更多精靈術師才行。

「魔獸。」凡斯停下腳步，看著刻有浮雕的壁面。

亞那瑟恩與安地爾同時看向那面牆，微弱的力量感從牆後傳來，應該是地底深處有魔物正在裡頭掙動，或許是被黑暗吸引，也或許是爲了深處隱藏的危險而來，魔物不強，但要穿透層層土石略顯麻煩。

凡斯按著石壁，掌心慢慢旋轉半圈，壓縮的詛咒震動泥石，嵌入遠處正在悄然前進的魔物身軀，猛然受制的魔物這才發現有敵人鎖定自己，一身險惡的氣息發散出來，不過敵不過妖師的箝制，很快就被撕碎成塊，腐朽在肉眼無法看見之處。

「還有不少，不想破壞礦脈就只能慢慢清理。」凡斯收回手，皺起眉。這些魔物在鑽土石的同時浸染到鬼族毒素，很明顯正在狂化，整個地下礦坑充滿亂七八糟的術法和詛咒，如果要啓用大型掃蕩術可能會震塌許多地方，而一隻隻捉則非常耗時，他們目前的狀況不適合逐一清除。「事後再處理吧。」

這個結論立即得到另兩人的同意。

沿著妖精們留下的走道一直深入到地底最終點，最末出現在他們面前的是一條被封起的黑色道路，周圍可以看出經過二次加工，顯然是妖精們挖通後不知道爲了什麼原因棄置，接著又被另外一個種族重新修固，鋪在地面上的雖然是就地取材的水石，然而打磨方式與妖精不同。二次加工後，通道似乎用了很長一段時間，接著再度因某種理由封閉。

現在這條通道被塞滿巨大的岩石，由外塡滿封鎖術法，儘可能想防止被打開。

但歲月並沒有如他們所願，從這些不一的岩石與旁邊四散的碎石判斷，通道在這些年恐怕不只被開啓過一次，但又被反覆封閉，塡入的封鎖術與礦坑裡的術法一樣紊亂。

由此可見藏於其後的東西多驚人。

解開一條通道對三人來說相當簡單，於是以凡斯為首，三名孩童模樣的探索者鑽進重新打開的小路，順著蜿蜒的黑色通道進入到掩藏在礦山底下另外一個存在之所。

然而才剛到出口，還沒釋放照明術法，最前面的凡斯先感到一股腐敗氣味直撲而來，他下意識把莫名其妙的人形東西打飛出去，等周圍空間亮起，就看見幾具原先在黑暗裡遊蕩的腐屍紛紛轉頭陰冷地盯著他，接著發出吼叫聲撲了過來。

三兩下把這些東西撕成塊後他才側開身，讓身後另外兩人出通道，環顧周遭景物。

他們已經來到地底極深處，開採水石的礦坑底部被挖出一個非常巨大的空間，赫然矗立其中的則是有些慘白的神殿建築物，四周還有些腐屍正拖著腳步移動。

看著那些仍在活動的腐屍，凡斯臉色有點難看，一旁的精靈在看清楚是什麼後也忍不住怔住。

安地爾擊倒一隻朝他們走來的腐屍，並揮手在周邊製作結界壁，然後切開一部分腐屍的腦袋，露出裡面密密麻麻的黑色小蟲。「半死半活之物。」軀體可以感覺已經沒什麼生機了，是蟲子在操控，但被蟲子填滿的腦子顯然仍在運作。

「……太悲哀了。」亞那瑟恩久久才低聲開口，他們皆可以感覺到腐屍原先的意識早已混亂，在這種不見天日的地方被蟲子控制身體遊走，無論是多麼強悍的人都免不了精神崩潰。

「願主神的光與意念能照拂此地，將這些迷失者帶回世界溫暖的懷抱，使其能重新得到該有的安眠。」

幾人快速地將附近幾具腐屍聚集後，凡斯一把黑火將這些發出怪聲的行屍燒成再也不會思考的灰燼。

神殿規模並不小，三人很有默契地各自選了個方向進行探查。

亞那瑟恩等人主要是確認此神殿的來歷，以及與伏水有無關聯，然後再尋找幽羅花，或是其他的罕見植物。

凡斯選擇東側的通道，邊走邊將照明術法散至四周時，突然發現有股極小的氣息悄悄尾隨自己。

「怎麼跟來了？」他回過身，幾個步伐走回彎道，然後蹲下看著赫然出現在地面的花俏貝殼。不曉得從什麼時候開始，這隻小蜃妖竟然在他們後面跟了一路，直到現在才被發現。

花俏的蜃冒出幾顆彩色泡泡。

「這裡有點危險，雖然你可以打開幻境，還是小心點。」凡斯手指點在蚌殼周邊，展開一個較小的淨化術法，然後取了一把藥草與含水量極高的水晶放在小東西的旁邊。「吃一吃快點離開吧，別久待，當心吸入太多黑色氣息。」

小蚌殼唧了一根草枝，慢吞吞地吃起來。

凡斯沒見過這麼奇怪又傻傻的蜃妖，不過看對方似乎真的是因爲貪吃而跟過來，也覺得有點無言，開啓淨化術又給了水晶，短時間內讓他在這邊吃暫時不會有事，頂多待會要離開時順手一起帶走好了。

於是他重新站起身，繼續未完的搜索。

一開始看著敘事壁畫時他差點以爲這眞的是伏水遺跡，但這個想法很快就被推翻，主要是壁畫某些地方太粗糙了，神殿內部的複製感過重，很快就能辨認出這並不是伏水一族的古遺跡，而是粗劣的仿製品。

然而誰會無聊到複製一座神殿放在礦坑底下？

沒多久他又發現神殿底下居然還有腐屍坑，一些腐屍滾落到神殿的地下層，仰著頭發出怪異的噪音。

暫時無威脅性，等身體恢復之後再處理。

凡斯繼續向前找，陸續在幾處找到珍貴藥草，可惜當時主事者並沒有把這些植物保存得很好，大部分藥草都已經枯萎。

「是這個嗎？」

猛地傳來聲音，凡斯暗暗在心裡驚了下，面上表情不變地回過頭，看見安地爾手上捧著一點灰色的花對他說道：「外面有幾個培植台。」

接過那些看起來毫無生機的灰色花朵，凡斯辨認著特徵，然後遺憾地搖搖頭：「雖然很像幽羅花，不過並不是，這是仿製，也沒什麼藥效。」

有些罕見植物滅跡後，人們會以相近的品種嫁接或改良，試圖製作仿製品，可惜通常不是藥效不好，就是藥效完全改變，這些灰色的花朵也一樣。

「這裡是仿製生命之石的製造場所。」安地爾突然笑了聲：「你應該也看見那些壁畫了吧。」

「……」如果沒有精靈在場，凡斯其實很煩和這個人交流。

「而你想找的幽羅花卻在這裡有好幾個仿製品的培植台，我是否可以認爲正式製造生命之石時，其實也用了這種植物，而且分量不小。」安地爾把玩著手上的一小朵灰花，有點愉悅地看著妖師渾身慢慢散出不善的氣息，在冰冷肅殺的目光注視下，他彷彿沒感到威脅似地繼續說道：「也許你繼承了某部分的生命之石製造方式呢？」

「沒有。」凡斯打斷無聊的臆測，捏碎手上的粗劣仿製品。「有也不是你能妄想的。」

安地爾聳聳肩，「其實你這副模樣生起氣來，有點可……」

「閉嘴。」凡斯一點也不想從眼前傢伙的嘴裡聽到讓人胃不舒服的話。

這時精靈從門口冒出來，手上拿著的也是灰色的花朵。「這好像是仿製品，凡斯你看看能用嗎？」

不知道是不是精靈特別會找這些植物，雖然一樣沒法使用，但存在這些灰色花朵裡的藥效高了一些些。「不能。」凡斯把花朵放回對方手掌。

「真可惜，但我剛剛看見還有另一處地方也有苗圃，希望主神能在那邊賜我們一些真正的幽羅花。」亞那瑟恩把花收好，「待會兒在主殿中集合？」

「晚點見。」

※

凡斯踏入擁有水池的主大殿。

偌大水池早已枯竭，理應沉入裡頭的水晶棺暴露在空氣中，有些早已被冒險者拖出來，一一檢視過後隨手堆疊，看起來不倫不類。

趁另兩人還沒來，凡斯沿著著牆面幾個踩踏，翻至天花板掛在球體浮雕上，仔細觀察裡面盛裝的物體。如果是眞正的伏水神殿，那麼在鏤空浮雕後會有一層伏水的符文刻痕，這是在建造完成後才會由伏水一族當代族長親手刻錄，所以並不存在於建造圖上。

這裡並沒有，可見這座假神殿是按照圖紙仿製，與眞正伏水神殿的核心人員無關，這麼一來，就很難查到幕後策劃者，畢竟建造圖只要有心很容易就能弄到，尤其是在如此多年後。

過了半晌，聽見走廊傳出細小聲響，他立即落地，回頭看見讓人厭煩的傢伙走進來。因爲不想和對方交談，所以凡斯乾脆閉眼，在腦袋裡描繪起在神殿中看見的各種資訊，因爲是假神殿，眞正伏水在壁畫中留下的密圖暗語恐怕沒有照搬過來，別說壁畫裡大量扭曲變更了敘事，少了一段中空球裡的關鍵符文讓這裡的壁畫基本上毫無意義，連傳達事實都做不到。

接著他想起四周壁畫內容中不祥的發展，製造這處假神殿的人似乎想把最終做出的東西用來復甦某種邪惡存在，不過按照方位與他現在感知到的地底狀態，那些始作俑者並沒有成功。

又過了一會兒，亞那瑟恩走進來，將手上採回的花朵交給妖師：「這個也是假的，果然不行吧。」

安地爾看著不同區但同款的仿製品，嗤笑了聲：「沒完沒了。」

凡斯接過灰色的五瓣花，果然藥效又有提升，但卻很混濁，還不如使用替代品。「不行，完全無法使用。」

「看來情報是假的。」雖然原本就希望渺茫，不過亞那瑟恩還是有點失落。「這裡不是伏水一族的領域，難怪今日的天空瀰漫著一絲憂愁，連風都不復往日精神。」連凡斯想要的花都沒有，看來此行最大的收穫是無數的鬼族與腐屍了。

「大費周章蓋出一個肖似伏水的地方，不知道想幹嘛呢。」安地爾笑笑地環顧四周，發現有個小東西還悄悄地盯著他們看，因為力量過小不足為懼，所以他轉開視線，看著假神殿中的一片凌亂。「假造伏水，還有製作其他生命之石的場所嗎。」

「有可能，這裡的氣息非常不好，下方有大量屍骸和極其邪惡的存在。」凡斯捏碎無用的仿製品。他並沒有寄望能在這裡找到，所以失望不大，況且比起這件事，他們腳下與空氣裡的東西比較讓人擔憂。「我們目前力量大幅縮減，別下去。」

說完，他幾乎是下意識地看向讓他們各方面而言都縮小的罪魁禍首精靈，隨後才意識到安地爾也做了相同動作。

亞那瑟恩歪了歪腦袋，小小的臉蛋上不自覺流露幾分可憐的樣子。「一切都是主神的旨意，為了考驗生命的心靈與智慧，我們的道路上或多或少總是會布上一些荊棘。」

忍住想掐那張臉的爪子，凡斯冰冷地開口：「這荊棘可能叫作『一大早食用了精靈製作的東西，造成集體力量潰散。』……還返童。」

「他甚至保證很美味。」安地爾支著下頷，懷疑起那玩意的味道，眞要說美味其實稱不上，五顏六色的外表同樣蘊含了三言兩語難以道盡的奇特味道。除非黑白種族的舌頭與他的不同，否則他比較願意用奇妙來形容，雖然也不算難吃。

「生命總是充滿出其不意，如同那甜美的果實加上一些藥草，夾入乾糧後，變成的不是早餐，而是讓人驚訝的小東西呢。」看著兩名目光深沉的小小夥伴，亞那瑟恩綻出笑容。

凡斯捏了捏拳頭，他沒有往對方的臉揍下去是用了極大的忍耐力，並不是因爲那張笑臉過於漂亮無邪，讓人看了會心火降三分之類的。

其實初認識時，精靈做的食物並沒有這麼偏離軌道，當年還保有幾分正經的三王子殿下會認認眞眞地煮好基本食物，雖然大部分都是草；但等他們越來越熟之後，不知道解放了他的什麼神經，祕密基地時不時裂開就變成常態，入口的食物也朝著匪夷所思的方向飛奔。

沒什麼朋友的妖師望了望天花板，思考起族內的小輩或平輩們交朋友之後，他們的朋友也都會如此突變嗎。

思緒遊走的瞬間，凡斯猛地瞇起眼，察覺到潛伏在空氣裡的存在居然悄然想侵入他身上的守護術法……呵，這看似無主的黑色力量果然是有主的，只是極度狡詐，切斷己身力量來源讓其溢散在空間裡，無意識地包裹因渴望寶藏而踏入的外來者，等到外來者不知不覺被侵蝕時，輕則心態不正、扭曲成鬼族，嚴重一點可能會遭到對方的操控。

他現在懷疑，這些外流的藏寶圖恐怕是對方刻意爲之，利用廢棄礦脈、深藏在地底的假神殿，以及假神殿裡含有毒素的大量寶物來吸引冒險者與盜匪。

而在反扣住對方的力量絲之後，凡斯也終於明白藏在腳下的是什麼垃圾東西了。

異靈。

如果今天只有他一人到來，他會立即召來同族把潛伏的傢伙從地底深淵掏出來碎屍萬段。

可是……

看向旁邊的精靈，凡斯沉默地轉開頭。

帶著可能會被黑暗力量或毒素侵蝕的精靈，有些危險，這地方的鬼族與腐屍已經夠多了，他們一路下來淡淡的鬼族毒素一直存在空氣裡，如果不是精靈本身的力量夠強可以隔開這些污染，有機率也會像那些貪婪的冒險者一樣，多少遭到侵蝕。

加上現在他們實力都縮水了，他並不想冒險讓對方直接與異靈正面衝突。

思考著這些時，亞那瑟恩與安地爾低頭不知在說什麼，兩人有點鬼祟的舉止讓凡斯挑起眉。

「我們再四處看看還有什麼藥草吧，相信主神會在不經意的地方賜予驚喜。」亞那瑟恩抬起頭，興致勃勃地說。

他們剛剛放下拓印術法，雖然是假神殿，不過還是得做個記錄，等待的時間內可再搜索是否有其他被藏起來的罕見藥物。

離開主神殿後，精靈立即往另一側通道轉去。

凡斯一把抓住對方的手腕。

「你也感覺到了對吧。」說什麼主神的驚喜，妖師皺起眉，嚴肅地盯著有點心虛的精靈。

「不可以往下。」

他並不意外對方也察覺到異靈的存在，他們一直都是能耐旗鼓相當的朋友。

亞那瑟恩點點頭，神情逐漸認真起來，其實他在中途就隱約感覺到黑色力量的來源恐怕非常不祥，即使沒有正面與異靈開戰過，但精靈們的靈魂傳承早就指引出不善來者最可能的起源本體。「我須要下去看看狀況。」

很好，這次連話語都變簡單了。

凡斯沒鬆手，仔細地看著友人，幼童的臉上出現的是身爲「三王子」時的表情，這是他們身爲精靈的種族責任，勸止無用，就像剛剛凡斯其實也動過帶族人來剿滅異靈的想法，並想在友人離開後執行。

任何種族都一樣，首要就是滅殺異靈，不能讓這東西吹響眞正滅世的號角。

「……」越過精靈，凡斯冷冷地看著站在後方的安地爾，背著白色種族，那傢伙抬起兩隻手似笑非笑地望著他，彷彿無聲地表示他不會搗蛋。「走吧。」

※

循著黑色力量的來源，他們很快找到一扇通往深淵的大門。

深淵之下，是堆疊起的層層屍骨。

進到這邊，那股黑色邪惡不再遮掩自己，明目張膽地肆意咧開獠牙，發出自己的威脅。

飛身越過那片帶有絕望死亡氣息的骸骨地毯，在盡頭等待他們的是同樣慘烈、塡滿屍骨的巨大深坑。各種骨骸圍繞的中心，是一具被打開的石棺，石棺周圍盪著一圈圈殘破不堪的古老術法，棺內則是盛滿了鎭壓邪祟的金雨花。

一名金髮少年優雅又安詳地躺在花瓣裡，沉睡的美麗面容幾近無邪，與他身上傳來的強烈邪惡力量完全相反。

「這真是……」亞那瑟恩吃驚地看著如此完好的異靈，這裡是古代戰場留下的痕跡，明顯有當時最高級的術師用盡全力把異靈留在此處，沉入地底強迫他永遠入睡，無法涉足人間。

然而這份心力被後來者攪破，這異靈的狀況幾乎是只差幾個步驟就能甦醒——如果按壁畫上最後的描述。

不過這個過程早已被打斷。

少年身上飄浮著極爲強悍的水氣，水藍色的微光成團散發驚人的能量，在古代術師的封印禁制即將被破之前，牢牢地鎮壓住那雙差點睜開的眼睛。

「主神保佑，幸好在被貪慾蒙蔽的心靈下，仍有奮不顧身者以己身爲封，不令異靈禍亂世界。」精靈不由得對那團水藍致敬並做出祈禱。

凡斯彈出一點力量試探，原本以爲只會遭到防禦壁遮擋，沒想到竟然平空捲出凶猛的水氣，眨眼毫無預警地架出極爲強悍的圖騰水壁，當場將試探完全吞噬，並展現惡狠狠地預備攻擊姿態，如果他再進一步動手，恐怕就會被襲擊。

由此可看出那團水藍原本的主人實力有多可怕。

「看來不是奮不顧身。」安地爾嗤笑了聲，用腳撥出旁側的水晶匣，空無一物的匣子上頭還有一圈圈封印術法，大多是針對水系力量的強大壓制。在場的三人全都對術法有研究，光看基本架構都知道製作封印者對匣子裡原本的東西不懷善意。「應該是獻祭，沒想到這東西正氣太強，倒過來封鎖異靈意識，還設下防護，這些愚蠢的傢伙反被聰明誤。」

水晶匣旁邊有幾具乾屍，與後面那堆屍骨不同，這些乾屍穿著祭司服，與上方壁畫上一致，身上還殘存著被反噬的痕跡，顯然他們原本想把匣子內的東西用在異靈身上，沒想到實力不相符，幾人竟然被反撲，獻祭術法失敗，祭司們直接成爲水藍色光鎮壓異靈的養料。

精靈看著水壁，緩緩地將手掌貼到其上，似乎感受到他友善的氣息，一股溫柔的意念傳來，水壁向兩側退開了道路。聽著水藍色光內的穩定跳動聲，亞那瑟恩爲對方吟唱起禱文。

不知不覺，周圍的水氣逐漸瀰漫成霧，水藍色的光團退去保護，顯露出藏在裡頭、依然生氣蓬勃的水藍色心臟。

亞那瑟恩再度被震驚，因爲他可以感覺到——

「這……這位應該還活著。」面帶些許驚愕地轉向站在身後的凡斯，精靈連忙道：「我可以感覺到『她』仍有生機。」

「但是不知道出處，除了生機以外，其他力量與生命來源都被封鎖。」看著心臟，凡斯皺起眉，與精靈一樣，他可以很輕易判斷心臟傳來的生命氣息，這騙不了人，心臟的主人並沒有喪命，在某個地方依舊活著。「雖然這位很可能是無意識所爲，但她正鎮壓著異靈，我們沒辦法現在取走。」

他同樣可辨別周圍被破壞的古代封印和禁制，眼下如果他們敢輕舉妄動拿走心臟，虎視眈眈等待的異靈絕對立刻就會睜開眼睛，竄逃進入世界。

「想取也沒辦法吧。」安地爾環起手，心中評估了情勢後暗暗覺得有點可惜，這顆心臟執著鎮壓的本能太強了，他同樣無法做點什麼。「禁制還在，我們一動手，這東西就會帶著異靈自爆，到時本體才是眞正的死亡。」

亞那瑟恩非常糾結。

發現心臟主人還活著時，他非常想要將心臟移開，雖然心臟力量極度霸道，但畢竟是和異靈相爭，沒有主人驅使的情況下其實是在不斷耗去生命本源，如果遲遲不移走，這顆心臟早晚有一天會被異靈的力量給磨死，連同主人徹底犧牲。

「得找到『她』的本體或族人才行。」再三思考後，精靈嘆息，「在那之前，只能儘可能協助，令這部分不被異靈衝潰消散。」

凡斯拍拍友人的肩膀，知道他現在心情並不好。

雖然黑白種族有別，但他很佩服這顆心臟的主人，原本那位肯定是身懷強大正氣、善惡分明的白色種族，很可能是縱橫在某個戰場上人人尊敬的英雄，才會在心臟分離的狀況下，依舊讓纏繞的力量繼續運作，下意識剋制危害世界的存在。

兩人有默契地不多言，他們想要幫助這顆心臟壓制異靈，盡量延緩心臟被消磨，爭取找到原主人的時間，或者在精靈族接手之後，盡速轉移的機會。

目前身體還沒變回，兩人先聯手勾勒出術法框架，迅速奠定基本的符文圖騰讓陣術運作，待基底完全打定、等身體恢復後，再把剩餘的力量全灌進去加固即可。

這樣即使中途有什麼意外，至少也可保兩人的聯手術法幾百年內不被破壞。

費了一番工夫好不容易把術法陣全打造完後，凡斯兩人難得感到疲累地在旁邊找了一處乾淨的地方坐下。

始終站在旁邊看戲的安地爾噙著笑走過來，分別遞了兩人的水袋與乾糧過去。

「接著就是等了。」抱著水袋，身體力量被掏空的幼小精靈懶洋洋地靠在凡斯身邊，他隱隱感覺到彩色乾糧的效力似乎快過了，只要再繼續待一會兒，或許可以直接把術法完善。

同樣有這種感覺的凡斯在喝了幾口水之後閉上眼睛，短暫地休息與恢復體力。

幸好只等了約莫半小時，三人終於擺脫幼童體態，帶著全盛時期的力量重回該有的模樣。

更換服裝、休整後，凡斯與亞那瑟恩再度繼續聯手完善術法，把強大的妖師力量與精靈力量全塞進去。

躺在金雨花裡的異靈不情不願地被壓制回更深沉的夢鄉裡，溢散出來的邪惡逐漸稀薄。

確認陣術終於完成，三人退出深淵，返程的一路上再度加固各處的術法，甚至設下各種幻境、幻術，盡量想辦法把未來可能又闖入的冒險者或盜賊們引出礦坑，而針對鬼族與魔獸則是設下好幾個誘捕區，讓這些存在不要滿礦坑亂跑，減少毒素擴張。

回至地面後，不論是強悍的妖師或每天都精神奕奕的精靈皆完全累癱了。

凡斯因為不想示弱，所以還能好好走路，但精靈根本一副想睡在路邊的樣子，他只能揹著對方往營地走，幸好精靈沒什麼重量，否則可能會成為躺在路邊彷彿流浪漢的精靈。

回營地後安地爾很老實地準備餐食，然後拍醒昏昏欲睡的精靈，一人一杯茶水遞過去。

精靈沒什麼抵抗，乖乖喝了幾口後就縮在旁邊頭一點一點地打起瞌睡。因為太累了，他還來不及傳訊給冰牙族，疲憊地想著休息一下下後就給精靈王傳消息。

凡斯則是嗅了嗅茶水的味道，確認只是薄荷茶後才飲用。

「你的戒心真的很高。」安地爾淡淡地笑了笑。

「對你這種人不需要戒心嗎。」凡斯半嘲諷地放下水杯。

「是需要，畢竟我很常不經意就想下點小毒，就像現在一樣。」抬頭迎向妖師瞬間充滿殺氣的眼神，安地爾依然很悠哉地坐在原地撥弄篝火，他很確定對方現在動不了，並開始意識潰散，即將進入完全昏迷。「不能再讓你們找族人過來啊，否則一點樂趣都沒有了，睡醒之後你們就會忘記這一切，不用太緊張。」

「你……」

凡斯最後只來得及說出這個字，與精靈同時倒下。

安地爾安置好兩名同行者，替他們蓋上薄毯，然後在兩人額頭上按進消除記憶的術法，等到他們醒來就是在祕密基地裡，因爲又一次地吃了精靈亂搞出來的食物而昏迷了幾天。

「蠢死的傢伙就繼續睡吧，黑白術法暫時破不掉，那顆心臟也是個麻煩，不過可以再引誘一些不怕死的傢伙進去。」

他並不是在與安睡的同伴們說話。

不知道什麼時候，一抹細長的黑影站在營地外，散發著高階鬼族的氣味。

「別太明顯，引來其他白色大種族的傢伙就不好玩了，檯面上那傢伙過度流傳的東西撤掉點。」

高階鬼族低下頭，表示領下命令。

安地爾支著下頷往礦山方向掃了一眼，勾起笑容。

總有一天那個地方會成爲鬼族與魔獸的巢穴，愚蠢的異靈終於掙破封鎖甦醒時，就會帶著大批鬼族和魔獸闖入世界。

「讓世界再亂一點吧。」

※

很多年之後，安地爾在極其無聊時偶爾會想起這段往事。

那時候他已經對異靈的小巢穴和手段失去興趣，有種隨便他自生自滅的無謂擺爛感，也懶得告知愚蠢的鬼王和黑暗同盟這些事情。

並不想給他們新的幫手。

也不想讓他們去破壞黑白術法。

不過就像許多活太久的種族一樣，這些記憶有的會被遺忘部分，例如忘記那天早上精靈爲他們準備彩色乾糧時，露出的笑容有多麼溫暖與燦爛。

就像原本應該完整的夢境四處都是坑坑洞洞的殘缺。

他看著凡斯與亞那瑟恩的兩名後人做了很多徒勞的無用之舉，忙忙碌碌地揹著前人血債與原罪在自由世界裡生存，有時候會伸出手逗弄。

可惜他們不像凡斯與亞那。

一個沒有那種嚴肅的神態，一個沒有那種溫柔的笑容。

而擁有的人都已經不在了。

後來他發現凡斯的後人觸碰到這座礦坑，引起他一絲絲的興趣，所以他尾隨前往，這讓他找到了點意外驚喜。

那個當年花俏的小蜃妖如今已經長大，依然住在那條溪流裡，溪流兩側現在種滿了許多五線白，而且他還複製了當年妖師留給他的淨化術法，偶爾會偷偷地跑進礦脈裡頭玩耍。

小蜃妖被凡斯後人身上的妖師力量吸引，展現了一部分記憶幻境給那小孩看，無聲跟在後頭的安地爾同樣再度看見連夢裡都殘缺的那些鮮活過去。

「眞念舊啊。」

藏在異靈沉睡地的黑暗裡，安地爾捉住小蜃妖，微笑地看著殼上又多了幾朵花的小東西，毫不在意自己動手時，被羽族大祭司捕捉住的波動。

他想，或許很無聊時他可以修復殘缺夢境裡那些遺忘的畫面。

反正養一隻小蜃妖也不麻煩。

五線白甚至其他的草藥他也會種，給個乾淨的環境就能讓小蜃妖好好住在裡頭，讓小蜃妖偶爾製造些過往幻境即可。

千年後依舊憨憨的小蜃妖沒有感覺到威脅，不過認出安地爾是當年給他好吃東西的同伴，居然沒有掙扎，乖乖地被捏著帶走了。

安地爾感到心情愉悅，看著遠處的凡斯後人，突然覺得無聊的一天似乎出現點趣味。

「離開之前，先找小朋友聊聊天吧。」

〈殘夢〉完

國家圖書館出版品預行編目資料

特殊傳說.III / 護玄 著.
——初版.——台北市：蓋亞文化，2023.02
冊；公分.

ISBN 978-986-319-737-9（第六冊：平裝）

863.57 111021463

悅讀館 RE396

vol. 06

作　　者　護玄
插　　畫　紅麟
封面設計　莊謹銘
主　　編　黃致雲
總 編 輯　沈育如
發 行 人　陳常智
出 版 社　蓋亞文化有限公司
地址：台北市103承德路二段75巷35號1樓
電話：02-2558-5438　傳真：02-2558-5439
電子信箱：gaea@gaeabooks.com.tw
投稿信箱：editor@gaeabooks.com.tw
郵撥帳號 19769541　戶名：蓋亞文化有限公司
法律顧問　宇達經貿法律事務所
總 經 銷　聯合發行股份有限公司
地址：新北市新店區寶橋路二三五巷六弄六號二樓
電話：02-2917-8022　傳真：02-2915-6275
港澳地區　一代匯集
地址：九龍旺角塘尾道64號龍駒企業大廈10樓B&D室
電話：+852-2783-8102　傳真：+852-2396-0050
初版一刷　2023年02月
定　　價　新台幣 270 元
Published and printed in Taiwan

ISBN 978-986-319-737-9

Gaea

GAEA